K A I J U A N D U S H U W E N C O N G

[开卷读书文丛]

美丽的旧书

瞿光辉　著

南京师范大学出版社
NANJING NORMAL UNIVERSITY PRESS

图书在版编目（CIP）数据

美丽的旧书 / 瞿光辉著. —南京：南京师范大学出版社，2007.12

（开卷读书文丛）

ISBN 978-7-81101-726-7/I·34

Ⅰ. 美…　Ⅱ. 瞿…　Ⅲ. 散文—作品集—中国—当代
Ⅳ. I267

中国版本图书馆 CIP 数据核字（2007）第 202819 号

丛书名	开卷读书文丛
丛书主编	秋　禾　董宁文
书　名	美丽的旧书
作　者	瞿光辉
责任编辑	高朝俊
出版发行	南京师范大学出版社
地　址	江苏省南京市宁海路 122 号(邮编:210097)
电　话	(025)83598077(传真)　83598412(营销部)　83598297(邮购部)
网　址	http://press.njnu.edu.cn
E—mail	nspzbb@njnu.edu.cn
照　排	南京玄武湖印刷照排中心
印　刷	扬中市印刷有限公司
开　本	787×960　1/16
印　张	11.75
字　数	156 千
版　次	2008 年 1 月第 1 版　2008 年 1 月第 1 次印刷
书　号	ISBN 978-7-81101-726-7/I·34
定　价	24.00 元

出版人　闻玉银

目 录

书 话

书 人

书 情

书　话

《一朵朵玫瑰》及其他

邵洵美是“新月派”诗人之一，著名的《新月诗选》收有他的作品。他的诗集《天堂与五月》、《花一般的罪恶》和《诗二十五首》曾有重印，而他的译诗集《一朵朵玫瑰》存世者可能只有一二了。

我收藏的《一朵朵玫瑰》1928 年 3 月由译者自办的金屋书店出版，小三十二开，米色道林纸印，毛边。本书收九位外国诗人二十四首诗，以古希腊女诗人莎弗始，以有近代莎弗之名的美国女诗人蒂爱斯黛儿终，共三十二页；另附有略传、小注各七页。

邵洵美原名云龙，同表姐盛佩玉结亲，表姐美丽非凡，又有才能，为了与其匹配，邵自改其名曰洵美（源自《诗经》“佩玉锵锵，洵美且都”）。他曾赴英人剑桥大学学习文学，第二年离英赴法进法兰西画院学绘画。1926 年回国从事文学创作和出版事业。二十世纪四十年代与美国《纽约客》驻沪记者项美丽（Emily Hahn）同居多年。《一朵朵玫瑰》虽系译诗集，但可窥见他的艺术倾向。他译的几乎全都是唯美主义诗人作品，从他认为是唯美主义始祖的莎弗，到英国前拉飞尔派罗赛蒂兄妹，到法国的万蕾（现通译魏尔仑）等。

唯美主义诗歌的特点是内容上写女人，写恋爱，写情欲，写肉体美；形式上采用艳丽的诗句，悦耳的音节，整饬的诗行。邵洵美写的也大都是这一类诗，据说当年徐志摩见了曾对人说：“中国有个新诗人，是一百分的凡尔仑。”但却为左翼文人所诟病，直到 2000 年还被拉出来鞭打一番。其实，当代有些女作家甚至用身体写作了。看起来这仿佛是一种不可更改的宿命：凡触及生命本质，尤其是本能活动的艺术家最初都必将成为当时社会所反对的异端，为社会所不容，成为指责甚至迫害的对象。

抗战时期，邵洵美身居上海“孤岛”，在日本兵的眼皮底下，秘密出版毛泽东《论持久战》的英文本，并且亲自发行或送到洋人手中。解放后他以译述英文书稿为糊口之计，1957 年当雪莱《解放了的普罗密修斯》出版时，为他誊写译稿，时时关心他健康的长女已不在人间。他译的几部泰戈尔长篇小说如《家庭和世界》、《两姐妹》等亦因中印边界冲突而胎死腹中。他生计无着，只得给远在美国的旧日情人项美丽写信请求资助，但信件全落在有关部门手中。二十世纪六十年代他以“美蒋特务”罪被关押在狱，后查无实据，释放，其双腿因长期盘坐致残，人亦已衰弱不堪，逝世时夫人盛佩玉——这位近代上海第一豪门盛宣怀的孙女已无钱置办衣裤，只买了双新袜子送她的表弟丈夫离开这个世界。

《番石榴集》

三十年代的朱湘以创作新诗知名于世，其实他在翻译外国诗方面的贡献似乎更大。他以三十岁不到的年纪留给我国文坛两部难得的翻译作品集，一为《番石榴集》，一为《路曼尼亚民歌一斑》。

《番石榴集》一书，分上中下三卷，上卷收埃及、亚剌伯、波斯、印度、希腊、罗马；中卷收意大利、法国、西班牙、科隆比亚、德国、荷兰、斯堪地纳维亚、俄国以及英国；下卷收英国长诗四首：安诺德的《索赫拉与鲁斯通》、华兹华斯的《迈克》、辜律勒己的《老舟子行》、济慈的《圣亚尼节之夕》。《番石榴集》可谓新文学运动以来第一部世界性译诗选本。

1985年出版的《朱湘译诗集》收录了上述两种译诗集外加五首零篇。书前有朱湘生前好友、希腊文学专家罗念生的《序》，序中说"这本集子中的诗大部分是根据原诗的文字译出的"。这里的"大部分"如果是指数量即篇数那是不错的，若指国别、语种则并不确切。译诗除从希腊文、拉丁文、英文原文译出外，大部分是由英文转译的。虽然朱湘生前在致友人信中说"我想在已经学习的希腊文、拉丁文、法文、德文、英文外，加学俄文、意大利文、梵文、波斯文、阿拉伯文……"窃以为学过某种语言是一回事，真正掌握并能从事某种语言的文学翻译是另一回事。学会多种外语并非易事，何况当年还没有现在这样先进的电化教学设备，朱湘毕竟也还只有二十多岁。

朱湘祖籍安徽，1904年出生于湖南沅陵县。十五岁入清华学校，1927年赴美留学，两年后在安庆安徽大学教书兼外文系主任，由于“生无媚骨”（赵景深语）三年后被解聘，从此衣食无着，颠沛流离，于1933年投长江自沉，年刚到三十。他留世的诗集有《夏天》、《草莽集》等。

在我的藏书中《番石榴集》是件珍品。我觉得这个书名就别具意味。石榴原是汉朝张骞出使西域时带回来的洋货，而石榴之前加个番字作为书名，第一眼就给人一个来自异域的印象，但它并非番邦的石榴，而是一个专有名词，也有人译作桃金娘。

桃金娘在国外是种名花，它赢得名花的称号倒不是因为花，它的花形既无特别之处，色彩也不十分鲜艳，而是因为树叶、树皮香气四溢，非常宜人。

无论古埃及、古以色列或是古希腊以至中世纪的英、法、德诸国都有很多有关桃金娘的传说与风俗。古希腊人的神话里说阿佛洛狄忒赢得金苹果获得最美女神的荣誉时是戴着桃金娘花冠的，从此她把这种带来幸运的植物作为自己的象征，自称为“桃金娘女神”。古希腊人还把桃金娘作为尊崇艺术天才的标志，凡是有人朗诵大悲剧作家埃斯库罗斯的作品或是吟唱自己的即兴作品时都要献给他桃金娘花冠。也有在进餐后饮酒的时候互相传递桃金娘的枝条，停在谁的手里谁就得唱一段诗，颇像我们古人的“流觞曲水”、“一觞一咏”。在西欧，桃金娘还常用来作新郎新娘的花冠，也有授予运动会上的优胜者。

我收藏的《番石榴集》，商务印书馆1936年出版，系精装本，是我的好友杨显森君弥留之际赠送给我的，他离开人世已十七八年了，何处是他长眠之地？

《独清译诗集》

五四新文化运动中的浪漫主义文学团体创造社毕竟最富创造精神，它张扬个性，强调个人，连其中两大诗人郭沫若和王独清译诗集都分别冠以个人的名字，曰《沫若译诗集》、《独清译诗集》，这在我国是前无古人的。

寒斋藏有《独清译诗集》，1936 年上海现代书局版，三十二开，一百二十二页，收古希腊、意大利、法国、英国、德国、比利时等国诗人阿奈歌郎、沙浮、但丁、龙沙、娃尔磨儿、米勒瓦、彭士、拜伦、雪莱、雨果、缪塞、歌德、乌兰、皮耳士、魏尔冷、梅德林，共诗篇二十三首。正文前有写于 1928 年的《前置——给爱牟的一封信》交代译诗集编选经过及自己的译诗观点。从文中推想爱牟即郭沫若。

王独清始终认为译诗首先追求的是原作情调的再现，而不在于诗形的毕肖。他写道："译诗的人不是翻号码的电报生，不是抄字典的誊写员。"比如他将法国龙沙(1524—1585)《玛丽情诗集》第二卷第四首的十四行诗译为三节，每节八行的五言古体诗；而《颂歌集》第四卷第十首每节六行的译为八行。为了表情达意，如此处理并无不可，但后者被删去最后一节就显得对不起原作者了。王独清译诗形式多中国化了，除五言古体，也还有用民谣或骚体的，而缪塞(1810—1857)的《纪念》四十五节每节四行，隔行押韵，几近原诗形式，是一首难得的译诗精品。

王独清出身旧长安贵族世家，留学欧洲多年，他通英、法、意大利和希腊文，他的译著除了本书以外还有但丁的《新生》，泰戈尔的《园丁集》，后者我未曾见过。他在上世纪三十年代曾出版诗集、剧作多种。他是个感伤的诗人，却爱参与政治，与前苏联托洛茨基思想有牵连，因而与中国现代文学史无缘。1957年《沫若文集》出版时，创造社早期成员四人照变成了郭沫若、郁达夫、成仿吾三人照，王独清给抹去了。

王于上世纪四十年代去世，年约四十。

萨迪的《蔷薇园》

面对着自己栽培的月季花姹紫嫣红，闻着微风送来的淡淡清香，不觉想起了古波斯诗人萨迪的《蔷薇园》，便从书架上取下水建馥和杨万宝的两种译本对照着读了一会儿。

萨迪十三世纪初出生于波斯(今伊朗)的设拉子，青年时代在巴格达求学，受着波斯和阿拉伯文化的熏陶。不久，蒙古人入侵中亚，萨迪被迫背井离乡，作为一名行脚僧过着颠沛流离的生活。他到过埃及、埃塞俄比亚、阿富汗、印度，甚至到过我国的喀什噶尔。在旅途中目睹侵略者的掳掠烧杀，统治者的横征暴敛，他对苦难中的人民充满同情。到了十三世纪中叶，侵略者被打退后他回到故乡安定下来。这时他已五十多岁了，他深悔自己虚度了许多时光。他深居简出，过着沉思默想的生活。但一位友人时常来访，他虽然婉言谢绝，家人也将实情相告:他已执意选择了沉默，决心在余年里缄口不语。然而来者是患难之交，多年挚友，他还是接待了老友，并且常在花园里散步。一天，见这位友人离开时用衣襟兜满了蔷薇、风信子和紫苏，打算带回城里，萨迪就说:“你知道这些鲜花总要凋谢，花园的许诺并不可靠;哲人有言‘不长久的东西不值得留恋’。”朋友叹道:“那有什么办法呢?”于是萨迪答应创作一部《花园》，使秋风不能凋谢它的绿叶，使时光的流逝不能让新春的欢乐变成秋天的萧条:

托盘里的花儿能够鲜艳几时?

不如摘采我园中的花叶一枝。
那些花朵五六天就会枯萎，
可我的花园却永远春光明媚。

听了这番话，朋友倒出衣襟里的花朵，抓住萨迪的衣襟："君子言而有信！"萨迪遵守诺言，于1258年完成了《花园》。

1958年是《花园》创作七百周年，我国人民响应世界和平理事会的号召曾隆重纪念他。我就是在此时第一次读到水建馥先生从英文译出的《蔷薇园》(此前读过吴兴华片断译文《玫瑰园》)，过了四十二年，我又读到我国穆斯林学者从波斯文译出的全译本《真境花园》(宁夏人民出版社，2000年版)，真是喜出望外！我很喜爱这颗东方的瑰宝，我曾赋诗《开不败的蔷薇》赞美它，其中有言：

一朵鲜花
会诉说一个美丽的故事；
一颗蓓蕾
包含着一串闪光的启示。

译本书名叫《蔷薇园》(《玫瑰园》)也好，《真境花园》也罢，译名都已经作了增饰，以迎合汉语读者的阅读心理。原书名波斯语为Kolistan，直译即"花园"。如今译作《花园》显然太平淡，难在读者中叫响，而名为蔷薇或玫瑰则使人联想到鲜艳的颜色，馥郁的芬芳，而玫瑰一词系叠韵词，在汉语中富有音韵之美，至于《真境花园》颇具伊斯兰教色彩，真主、真理、真光、真境、清真对穆斯林而言有很强的亲和力，读萨迪此作原就是我国伊斯兰教经堂教育的必修课。

蔷薇、玫瑰，还有月季，在植物学上虽同科同属却并非一种花卉，前两者一年只在春天开花一次。与萨迪诗中一年四季都"春光明媚"的花相符的似只有月季，然而译为《月季园》诗学魅力又要差得多了。

《鲁拜集》

郭沫若译《鲁拜集》1924 年 1 月 1 日由上海泰东图书局出版，列为创造社编辑之《辛夷小丛书》之四，四十八开小本，封面画为文内第三十三首诗之插图，作者不知何人。扉页有玫瑰色木刻饰画一帧，状似打开之书，中有裸体之两女一男，男子吹着乐器。书形上方两排文字，上排为“鲁拜集”，下排为“由 Fitzgerald 转译”，未说明画作者。

书分上、下篇，上篇系导言，收有 1、读了鲁拜集后之感想；2、诗人莪默·伽亚谟略传。下篇系正文，收有 1、诗一百零一首(英汉对照)；2、注解。

“鲁拜”是波斯(今伊朗)的一种每首四行，一、二、四行押韵的诗体，因此也有人译为“绝句”，今译“柔巴依”。郭沫若译的《鲁拜集》为十一世纪的波斯诗人莪默·伽亚谟的诗集。

此译诗集后曾收入《沫若译诗集》，建国后也曾出过有十二幅插图的单行本，插图极为精美，惜仍未注明作画者，可能与国外隔阂，一时难以考定。后来重印时，插图又撤掉了。

后出《鲁拜集》最重要的变动是只收录改作《引言》的《诗人莪默·伽亚谟略传》，而《读了鲁拜集后之感想》则已删芟。才气横溢的诗人郭沫若、史识渊博的历史学家的郭沫若在其后半生的“既要世俗之名，又要世俗的享受”(张中行语)，以致“文革”时期的可笑表现，我认为其根源可在这篇《读了鲁拜集后之感想》找到端倪，可惜未为“反思郭沫若”者所注意。

读德国民歌

夏天的黄昏，斜阳的反照里，我独自坐在小房间的南窗下，看青青的天空上缓缓地飘着几缕雪白的云朵；凉风从摇曳着的绿叶间吹到我的脸上，这使我回想着刚才读过的两首德国民歌来。于是，渐渐地，不知不觉地，我沉浸在优美的情思中，仿佛走进了遥远的古代的民歌世界。

我正躺身在北德的一个绿草如茵的山坡上，身畔的两只白羊羔一只在啮着青草，一只正在蹦跳。当我举目远眺，对面山头上，斜阳光中，一座白色的修道院吸住了我的目光。五月的薰风从那儿带来了一位女子的歌声：

禅房的拱顶多么闷人，
我的命运是多么悲惨！
春天从不给我一朵花儿，
也从不对我看上一眼……

这显然是那修道院里的一位修女唱的。由于某种不幸的命运，她们只得，或者被迫将自己的青春埋葬在修道院里。但是谁能禁锢得住她们对幸福的向往？那么，那位歌者是埋怨这儿没有金钱与荣华吗？不，她是向人世诉说着这儿没有自由，这儿没有爱情！她只能穿过铁栏看自由的羊羔，比翼的飞鸟——她是多么羡慕啊！

小小的羊羔,你多么幸福,
头一次迎接春天的来到。

她没有一点妒嫉,没有一点怨恨,有的只是虔诚的祝福:

去吧,小鸟,去吧,一路平安,
勇敢地飞向美好的地方。

这歌声展示了品性多么圣洁、多么美丽的女性形象,只有有这种品性的人才会珍惜爱情。因为没有好树结坏果子,也没有坏树结好果子。

为了说明有这种品性的人会具有怎样的爱情,我希望你再读另一首流行在莱茵河两岸的民歌所告诉我们的故事:

一个青年和一位姑娘立下海誓山盟,后来青年到远方要七年才能回来,"我等着你!"姑娘坚定地说。会面的日子终于等到,姑娘戴着鲜花去迎接她最为信赖的人。正当她等得发愁,一个帽沿遮着脸孔的骑马人告诉她自己正参加她所爱的人的婚礼回来,问在这分手的时刻有什么话捎给他。姑娘没有别的话,只是轻轻地说:

我希望我的爱人长寿健康,
我希望他得到许多快乐,
多得像无数明星挂在天上。

原来这位骑者就是她所爱的人,他只不过想再试验一下姑娘,才伪装成这样来见她。当骑马人把脸露出,温柔地跪倒在她脚前,晶莹的泪珠闪耀在姑娘的眼里。

这时,我仿佛觉得眼前的满天繁星是姑娘的泪珠变成的,我不复在那优美的民歌世界了。我的面前放着一本小书,刘锡诚、马昌仪等人翻译的《马克思恩格斯收集的民歌》(“文学小丛书”第二辑，人民文学出版社，1958 年出版)。

说说《雅歌》

收集在希伯来《圣经》中的《雅歌》名气很大，篇幅不长，国内少有单行本。我收集到的单行本有两种，一为 1930 年上海北新书局出版、吴曙天译的《雅歌》；一为 1997 年中国社会科学出版社出版的外籍华人王福民译的《雅歌》。

吴译的文前有插图《离别的情人》，正文中还有《被掳的书拉密女》、《葡萄园的看守人》、《耶路撒冷的众女子》、《所罗门王与书拉密女》、《呼声之梦》、《想思病》、《她的良人》，插图不知出于谁人之手，从风格看系从国外移植过来则毋庸置疑。扉页有"雅歌胡适题"。吴曙天是作家章衣萍的妻子，章曾任胡适的私人秘书（当时称为书记），与周作人、鲁迅、林语堂等一大批文化名人过从甚密。

吴译《雅歌》内容以时日为界，共分五天为五章，英汉对照，译者没有交代译本的根据。此书封面、书脊署名吴曙天译，唐弢在《晦庵书话》中说，"中文由吴曙天翻译"，"吴译过于素朴，构句关系密切如散文，不免缺乏诗的意味，殊可惜耳"。其实这是不确的，因为经校对我发现除了原文第七章一至九节未编译，共分五章，每节前加说明（也为英汉对照），采用新式标点符号外，其余与中文和合本圣经一字不差！

本书附录周作人的《圣书与中国文学》、周作人译蔼理斯的《论雅歌与传道书》、冯三昧的《论雅歌》、薛冰的《雅歌之文学研究》，都颇为难得，可谓新文学运动后国人研究希伯来文学的第一批成果。

王译的书前有译者照片一帧，吴经熊博士写于1961年的评函一通，刘铁庵手书译者序言一篇，另有译者导论一篇。《雅歌》正文先是白话译诗，后为五古译诗，前者根据歌底斯英译本，后者根据标准英译本。导论可谓华人最新有关《雅歌》的比较文学研究。

《雅歌》古人认为是所罗门（公元前十世纪中叶）所作，现代学者则断定为民间作品。窃以为还是以古人所言为是。《列王纪上》第四章三十二节记载所罗门“他作箴言三千句，诗歌一千零五首”；第十一章又载“所罗门王在法老女儿之外，又宠爱许多外邦女子……所罗门有妃七百，都是公主，还有嫔三百”。才华横溢，又喜声色歌舞的所罗门王在这种非常的生存境地中写出这么一卷爱情诗集完全可能。持否定观点的人认为《雅歌》中杂有波斯语和亚兰文字，断定它是所罗门王以后希伯来文渐趋退化时期的产物，而非所罗门王时期的作品。其实这倒可增加此作为所罗门所著的佐证。所罗门王所宠女子多是异邦人；所罗门又很早便注意交通和外交，他曾辟红海为商埠，与国外人士多有交往，在这么一个开放型富有创新精神的君王的作品中杂有外来语应在情理之中。

《雅歌》是世界文学中的千古绝唱，也是诗苑中的一朵奇葩，它既有对肉体的欣赏（“你的双乳好像百合花中吃草的一对小鹿，就是母鹿双生的”），又有对灵的赞颂（“爱情如死之坚强；嫉恨如阴间之残忍”，“爱情，众水不能息灭，大水也不能淹没”）。你可以说它是一部抒情短诗集，也可以视它为一首牧歌，还可以把它看作一出歌剧来排演。把它当作抒情短诗集，你可以从任何一节开始，可以见到不同的景象，得到不同的感受。当作牧歌或戏剧时主人公可以是书拉密女与所罗门，也可以见出两人之外还与一个青年牧人有感情纠葛，因为其中隐含着一段情事引你想象。这是一卷抒写青年男女爱情的抒情诗，更被尊奉为神与以色列民相爱的宗教诗。这后一种之所以被收入圣经的观点最为现代一般学者所否定。他们认为，诗中多有对男女身体各部位的详细描写都是渎神的，极不严肃的，不可能是宗教诗。其实用世俗的夫妇之爱来表达神圣的神人之爱在近东、西南亚的艺术作品中无论古今时有出现。印度教“毗湿奴派”、伊斯兰教“苏菲派”的很多颂神诗歌用的是爱情歌曲的形式，而且是灵肉结合的，不是抽象的柏拉图式的。在近代，巴基斯坦诗人伊克巴尔常在诗中以世俗的男女之爱表达信徒对真主的爱；印度泰戈尔荣获诺贝尔奖的代表作《吉檀迦利》中不乏通过人间的爱情来表达对神的仰慕与思念。就是我国的《楚辞·九歌》中也有以恋歌来娱神悦神的篇章。这样看来，这部《雅歌》出于所罗门之手就更有可能。因为所罗门早年是敬畏耶和华的，用男女之爱来表达对耶和华的感情也顺理成章。

这部所罗门的歌中之歌中文和合本篇名译作《雅歌》，与全文一样，在翻译艺术上都达到了钱钟书所谓的“化境”。

《裴多菲诗》

匈牙利诗人裴多菲在我国几乎家喻户晓，因为大家在中学时代就读过鲁迅在《为了忘却的记念》中引过革命诗人白莽从德文转译的裴多菲诗："生命诚可贵，爱情价更高；若为自由故，二者皆可抛！"在我国最早介绍裴多菲的是鲁迅，1907 年二十六岁的鲁迅在《摩罗诗力说》中就论述过了，二十年后他又从德语译了裴多菲的六首诗。

我收藏的《裴多菲诗》（诗时代出社版，1940 年）是覃子豪 1936 年在东京译的，根据的是匈牙利人麦兹格尔的日语译本。覃子豪认为以一个精通日语的匈牙利人将裴多菲诗译成日文，是不会失掉原作的风格的。其实不一定。精通日语的覃子豪自己译的我就不敢恭维。这是转译之过，抑或是译者功力不到家？如果是转译之过，何以孙用从世界语译过来的裴多菲的长诗《勇敢的约翰》鲁迅读后大为欣赏，认为原诗既是名著，译文又极好，读到它"恰如得到一种奇珍"？不过覃子豪翻译出版这本译诗集是在极其困难的抗战时期，他企望自己能将一个异国诗人呼叫抗争的声音也汇合到我们全民抗战的怒吼之中，可谓用心良苦。

覃子豪 1912 年生于四川广汉县。1932 年在北平上中法大学，1935 年在东京上中央大学，其时就开始译诗。但他不译法国诗，却译匈牙利爱国诗人的诗作，究其原因是其时日本军阀已侵占我国东北，唤起民众的爱国热情是当务之急。1937 年芦沟桥事变，我国全面抗战开始，覃子豪毅然决然回国参加抗战。他是为抗战写诗，为抗战译诗的。据说他在战地上非常活跃，俨然像裴多菲跨着奔腾的战马。1963 年他在台湾去世。

1951 年文化工作社出版了孙用从世界语译出的《裴多菲诗四十首》。之后他在匈牙利友人高恩德、梅维佳二同志的帮助下从原文译出了《裴多菲诗选》。后来更有留学匈牙利，专攻裴多菲作品的兴万生化了三十年时间译出了《裴多菲全集》，这位死在两个哥萨克骑兵矛尖上的匈牙利爱国诗人终于真实完整地出现在我们的面前了。

难得一卷飞鸟诗

1899年(光绪二十五年)由冷红生(林纾)、王子仁(晓斋主人)合作翻译的《巴黎茶花女遗事》出版,这是第一部被译介到中国来的西洋小说。当代学贯中西的文化昆仑钱钟书曾说:“林纾的翻译所起的‘媒’的作用是文学史上公认的事实,……我自己就是读了他的翻译而增加学习外国语文的兴趣的。”当年《巴黎茶花女遗事》一出不胫而走,洛阳纸贵。《天演论》、《原富》等西洋学术名著的译者严复满怀感慨:“可怜一卷茶花女,断尽支那荡子肠!”而此书的主要译者林纾却是不识一个外国字的。他是根据王子仁的口述,结合中国人的心理加以组织、叙写、润色而成。

事隔三十多年,又有一位不懂外文的人出来翻译(他自称为演辞)外国文学作品,那就是姚茫父。1924年印度诗哲泰戈尔来华讲学曾见到姚茫父,两位诗人相视而笑,把彼此的忻慕都放在心里。泰戈尔把姚先生的画带回到圣蒂尼克坦陈列在自办的国际大学美术馆里,姚先生则在他的北京莲花寺里译泰戈尔的《飞鸟集》。

姚茫父,贵州人,他是画家,又是诗人,精通金石碑刻,有《弗堂类稿》行世。他在见到泰戈尔时,郑振铎已在二年前将泰戈尔的《飞鸟集》翻译出版,姚茫父读后深有感触,后来在《题五言飞鸟集》中写道:

西方圣人国　于今夷为虏
犹然圣其诗　重译来中土

作者太戈尔　近圣能圣语
偶得一集读　感人深入腑

郑振铎译本为文学研究会丛书之一，1922年由商务印书馆出版。姚茫父的《五言飞鸟集》系线装本，1931年由中华书局印行。

现在我们就来看看姚茫父怎样把郑的译文演绎成近体诗的：

群星不怕同萤火一样的现出来。
萤火煽秋夜　零乱不成行
众星未相忌　一样是幽光
“你离我有多少远呢，果实呀？”
“我是藏在你的心里，花呀？”
花时不见果　相讯果距离
果在尔心藏　花乎复何疑

黑夜呀，我感觉得你的美了，你的美如一个可爱的妇人，当她把灯灭了的时候。

独觉黑夜美　其美无人知
恰如所欢来　正当灯灭时

我看见你，如半醒的婴孩，在黎明的烟尘中，看见他的母亲，于是微笑着，又睡了。

众生一婴孩　晓卧和尘烟
半醒欣见母　微笑转成眠

《巴黎茶花女遗事》当年风靡一时，现在大概少有人问津了；而《五言飞鸟集》当时印数就少，现在已成珍本。我多年寻觅，不复得见，心中怏怏。移居省城，几十年未再晤面的友人李性忠得知我爱读此书，特多方设法复印一本送我，其情谊怎一个“谢”字了得。

《哈尔次山旅行记》

沉钟社诗人冯至 1927 年 4 月由北新书局印行了处女诗集《昨日之歌》，由于诗作圆熟柔和，富有韵味而为鲁迅所称道，称之为“中国最为杰出的抒情诗人”。当时诗人年仅二十三岁。第二年三月仍由北新书局出版其译作海涅的《哈尔次山旅行记》。书中有海涅像一，Boerne 题词一，词曰：“除了循环，没有持续；除了死亡，没有固定。每个心房的跳动给我们敲出一片创伤，人生将成为永久的破灭，若是没有诗。她把自然所拒绝我们的都给我们满足了：不腐锈的黄金时代，不凋残的春天，晴朗无云的幸福同永久的少年。”这里的“诗”即广义的艺术乎？

《哈尔次山旅行记》中有诗若干首，其《序诗》、《山间牧歌》、《牧童》后又由译者校订、修饰，于 1956 年收入《海涅诗选》（人民文学出版社），译笔更臻圆熟，可见天赋固然重要，后天的历练也是不可缺失的。

艾青译《原野与城市》

艾青是上世纪三十年代一个最有代表性的诗人，他早年曾在法国学绘画，读了一些法国后期象征派诗人的诗。如果问他受哪些诗人影响最深，他说他“最喜欢、受影响较深的是比利时大师凡尔哈仑(Verhaeren)的诗”。艾青回国后在上海因从事左翼美术活动而被捕，在狱中他写诗也译诗，他翻译了凡尔哈仑的一些作品，计有《原野》、《城市》、《群众》、《穷人们》、《来客》、《惊醒的时间》、《寒冷》、《风》、《小处女》，后结集为《原野与城市》，由新群出版社于 1948 年 1 月在上海出版。译诗集既无序言亦无后记，书名即由头两篇合成。读这些译诗可知其主题是资本主义世界的大都市的无限扩张和广大农村濒于破产的景象，这些诗的题材和诗的自由节奏为艾青所接受。而艾青自己写的诗却更抒情，更清新，也更深刻，此亦青出于蓝而胜于蓝之一例吧。

休斯百年

2002年是美国杰出的黑人诗人兰斯顿·休斯(Langston Hughes,1902—1967)诞辰一百周年,美国各地以诗会、论坛等多种形式来纪念这位诗坛巨人。

兰斯顿·休斯出生于美国密苏里州乔普林。中学时代他就喜欢写诗,曾就读于哥伦比亚大学,但他不喜欢刻板的学校生活,不到一年就离开了。他喜欢游历,后来当过水手、侍者、杂工,去过欧亚许多国家,并于1933年来过我国,同时创作诗歌,成为一名左翼作家。他以诗歌为武器,为争取黑人和劳动人民的利益而斗争。他的诗歌汲取了黑人民歌简洁有力的特点,反映美国底层黑人的生活。他歌唱黑人对人类文明所作的贡献,也歌唱日常生活,赞美劳动。他的充满乐观、进取精神的诗歌广为美国人民所欢迎。2001年4至6月间美国诗人学会(The Academy of American Poets)在公众中开展过一次“我最喜爱的美国诗人”网上投票,在一万多张选票中兰斯顿·休斯占了四分之一以上,因此2002年休斯百年诞辰日,美国邮政特别发行了一枚印有休斯照片的纪念邮票。美国诗人学会还将2002年4月的美国诗歌月的主题定为“百年休斯”,在这期间,美国有数百万男女老少聚集在学校、图书馆、活动中心、教堂等地朗读和讨论休斯的诗歌。他的诗集有《萎靡的布鲁斯》(1926)、《犹太人的好衣服》(1927)、《梦乡人》(1932)、《单程票》(1949)等等。

据我所知,在我国介绍休斯最多的是诗人袁水拍(1919—1978),

他在解放前出版的《美国现代诗歌》中翻译了休斯的诗篇；1953 年改订再版的《新的歌——美国现代诗选》选译了休斯的十四首诗，书名就来自休斯的诗。

我也曾译过休斯的一首短诗《幻想》：

幻想吧，别丢掉幻想
因为要是不再幻想
生活就成为断翅的飞鸟
再也不能飞翔
幻想吧，别丢掉幻想
因为一旦幻想消失
生活就成为光秃的田野
因为冰冻而僵死

“幻想”原文 dreams，可译为“梦”、“梦想”、“理想”，我却译为“幻想”，其根据是记得革命导师列宁在一篇演讲中号召青年：你们必须幻想；再是心理学家下的定义：“幻想是创造性想象的一种特殊方式，是一种与生活愿望相结合并指向未来的想象。”

我很喜欢这首译诗，我把它收进拙著新诗、译诗合集《最初的微笑》中。

《沫若译诗集》

郭沫若一生创作了《女神》、《屈原》等大量文学作品，也翻译了大批外国文学作品，诸如德国施笃姆的《茵梦湖》，歌德的《少年维特之烦恼》、《浮士德》、《赫曼与窦绿苔》，席勒的《华伦斯坦》，霍普特曼的《异端》，英国高尔斯华绥的《争斗》、《法网》、《银匣》，美国辛克莱的《石炭王》、《屠场》、《煤油》、《牧场》等长篇小说，甚至俄国的屠格涅夫的《新时代》，托尔斯泰的《战争与和平》，数量不可谓不多，但经过时间的汰选成为经典名译的不多，这固然因他三十四岁时即参加北伐，戎马倥偬，此后又忙于抗日救亡活动，无暇在译事上字斟句酌、精益求精，但也与他的翻译观有关。他早年就认为翻译只是"媒婆"，创作才是"处女"，译本一出，做媒的任务也就完了，因此他译的东西大多已风流云散，少人问津。唯独他的《沫若译诗集》我至今还念念不忘，认为是中国现代译诗史上的一座丰碑。

此书 1928 年创造社出版部出版，此后三十年间一版再版。它收印度迦利陀娑，英国葛雷、雪莱，德国歌德、施笃姆、海涅，法国维尔莱尼，俄国屠格涅夫，以及波斯莪默·伽亚谟等人的诗。他译诗的时候是全身心投入的，他译歌德的时候仿佛自己就是歌德，译雪莱的时候，他就说我就是雪莱！因此读他译的诗仿佛亲聆原诗人的歌唱。

比如施笃姆的小说《茵梦湖》叙写一对青年男女有情人不能成眷属的故事。小说家在其中安排了一个吉卜赛姑娘弹唱歌曲，以渲染主人公的悲苦心境，其歌词有人译作："今朝我在你心中，有如众女美中美；他日青春逐渐流，永不回还如覆水。心心相爱一时欢，情意绵绵两相许；待到死神唤我时，孤身辞世谁怜恤。”郭译则作：

今朝呀，今朝，
我还是这么窈窕，
明朝呀，啊，明朝
万事便都休了！
只这一刻儿，
你倒是我的所有；
死时候，啊，死时候
我只合独葬荒丘！

郭沫若译得声情并茂，我想即令作者亲能汉语写作，最好也不过如此罢。

我认为译诗译得好的有两种人，一种是学者型的，他皓首穷经，深入研究，反复揣摩原作的内容、形式，出之以相近的译文；一种是诗人型的，他进入角色，抓住原作的神韵以神来之笔一挥而就，郭沫若译的这首诗大概是属于后者吧。这首诗后来也收入《沫若译诗集》中。

我多次读过《沫若译诗集》。1958 年在新华书店见过这本书的精装本，封面装帧素淡典雅，可恨当时囊中羞涩，没有购置，料想郭沫若的书将来不愁买不到，不料半个世纪过去，我亦垂垂老矣，却一直难再见此书，心中惘然若失。

《高尔基作品选》

在俄苏文学、比较文学专家戈宝权的《中外文学因缘——戈宝权比较文学论文集》有关高尔基作品在中国的研究中没有提及《高尔基作品选》。

《高尔基作品选》,耿济之等译,汪仑编选,惠明书店 1949 年 7 月出版。书前有高尔基木刻头像一帧,下署英文 M. KORKY;另有巴尔·科林绘高氏像一幅,并注明现藏忒狄亚科夫国家画院。全书除前面的《高尔基所走过的路程》及书末的《高尔基年谱》均为汪仑 1936 年编撰外,全是高尔基作品的译文,译者有宋桂煌、萧参、徐霞村、耿济之、陈节、周笕、朱溪、健南、华蒂等。萧参、陈节是瞿秋白的笔名,他共译六篇,数量最多,几近全书篇数的一半。这六篇 1932 年他曾用萧参的名字出版过《高尔基创作选集》,但不久此书就遭到国民党当局的查禁;后又把书名改为《坟场》,译者的名字也改为"史杰"再版发行。

瞿秋白非常重视高尔基的作品,他曾这样写道:"高尔基的书都不是安慰我们的书,这是惊醒我们的书,这样的书要'教会我们明天怎样去生活'。"作者在"这是惊醒我们的书","教会我们明天怎样去生活"之下还加了重点号。

《高尔基作品选》出版于全国解放前夕,距瞿秋白就义十有四年。书中瞿秋白所译的《海燕》一直为当时盼望解放的人们所传颂:

那是勇猛的海燕，在闪电中间，在怒吼的海的头上，得意洋洋地飞掠着，这胜利的预言家叫了！

——让暴风雨来得厉害些罢！

《沙恭达罗》

最近在《温州文学》上看到四幅杨奔先生的画真有点惊奇，从来不知老作家杨奔还会来这一手。我喜爱其中的《沙恭达罗向净修林告别》，其线条流畅，色彩淡雅，构图简洁，很能勾画出沙恭达罗柔婉的性格。作家在刊布其画时还加了下面的一段说明——

印度古诗人迦利陀娑名剧《沙恭达罗》第七幕中，写这个在森林中成长的少女在远嫁时与周围的藤萝、小鹿等告别，场面十分凄恻。诗人泰戈尔以为："在其它国度找不出这范例……在这里，自然与人是一种水乳交融、血肉相连的亲属关系。"

我也曾在十多年前写的《喜获泰戈尔英译〈园丁集〉》一诗中说：

好在你终于来到我的身边，
还是那么温柔，那么缠绵，
像深情的沙恭达罗
对春藤诉说自己的思恋。

我把泰戈尔的《园丁集》比作沙恭达罗，诉说自己对此书几十年的寻觅与喜爱。

我欣赏《沙恭达罗》，我读过王维克从法文转译的《沙恭达罗》，又读过季羡林从梵文直接译出的《沙恭达罗》，我如何表达自己读后的感受？德国大诗人歌德已先我辈抒发了读此剧的感想了。他写了一首《题〈沙

恭达罗〉》,我曾从英译转译了它,以加深自己对它的理解:

早春的花朵,晚秋的果实,
心得到滋润,灵为之欣悦;
还有天与地,沙恭达罗呵,
提到你的名,就提到了一切!

转译可能走了样,我们还是读从原文译出的罢:

你要把春季的百花,晚秋的果实,
你要把使人迷恋、欢喜、满足、颐养的一切;
你要把皇天和后土全用一言以蔽之,
沙恭达罗,我提起你,一切都囊括殆尽。

钱春绮先生的译文相当忠实,但作为诗总觉得不够“诗化”。我不能忘记少年时读过的诗僧苏曼殊的译诗:

春华瑰丽,亦扬其芬;
秋实盈衍,亦蕴其珍。
悠悠天隅,恢恢地轮,
彼美一人:沙恭达纶。

真是高兴,我所根据的英译最近得知正是苏曼殊据以译出的。

袁子才说“诗有别裁,非关学也”,其实译诗亦然。译诗要有语言功底,还需要才气,可以设想万人译此诗也没有一个能译得如苏译那么优美、端庄。这也就可以理解精通德语的季老在《〈沙恭达罗〉译本新序》中没有自己动手译,还是引用曼殊上人的译品,真可谓贵有自知之明。

迦利陀娑的《沙恭达罗》是印度古典文学中的瑰宝,而季羡林先生的中译本则是中国翻译文学中的瑰宝。

钱春绮和《海涅诗歌精选》

我喜欢读海涅的诗，他的诗会带领我们到玫瑰鲜艳、百合芬芳、紫罗兰盛开的花园，听夜莺怎样多情地歌唱；看可爱的安琪儿在莱茵河畔飞起又飞落。能读到大量的海涅的诗，我们不能不感谢翻译家钱春绮先生，他远在1956年就翻译出版了海涅的《诗歌集》、《新诗集》、《罗曼采罗》。

将海涅的诗介绍给国人，早在1914年就开始有人做了，但数量极少，而且缩手缩脚不敢多译，怕谬种流传，甚至连以大胆、浪漫闻名的郭沫若都说："寿昌想同我介绍海涅，我怕海涅诗入我国，易招误解，会有人说他是诲淫之品。"(《三叶集·郭沫若致宗白华函》)他最终也只译了三两首。直到二十世纪五十年代，人们认识到海涅是马克思的好朋友，马克思非常喜欢海涅的诗；海涅也以犀利的讽刺诗为武器，在攻击德国封建专制统治时与马克思站在同一条战壕里。1956年2月17日是海涅逝世百年纪念日，这一年他又是世界和平理事会号召人类共同纪念的世界文化名人之一。于是，钱春绮先生的译作恰逢其时，我们也因此能比较全面、正确地认识这位伟大的德国诗人。

钱春绮原是一名医生，由于爱好文学，最终弃医从文，专事德语诗歌的翻译，成为令中国外国文学学会会长、德语文学权威冯至先生"肃然起敬"的三大翻译家之一。

钱春绮先生除了自己在译苑辛勤耕耘之外，他没有忘记发掘前驱者、同行的劳绩，编选了《海涅诗歌精选》(北岳文艺出版社，1994年版)。

除他本人的以外，还选录了杨武能、张玉书、林林、绿原、鲁迅、廖晓帆、冯至、张威廉、欧凡、朱湘、郭沫若、顾正祥、艾思奇、何其芳(依在本书中出现先后为序)的译作，展示了一个世纪以来我国翻译家、诗人们翻译海涅诗歌的风采，也显示了我国译介海涅诗歌的大致轨迹。这些译品都是钱春绮先生从自己收藏的绝版已久、存世甚少的藏书中拣选出来的，可谓弥足珍贵。手捧这束饱含编者多年心血的精神之花，我们不能不心怀感激！

由于喜爱海涅的诗，我早年也不禁手痒，曾从英文转译了几首，后来收集在自己的诗集《最初的微笑》中。为了表示对钱春绮先生的敬意，我给年已八十的钱先生寄赠一本，我不存能得到回信的奢望，想不到先生却很快回信了，信中写道：

当您捧着您的创作和译诗集，
一册装帧玲珑美丽的新书时，
您一定感到无限的喜悦，
露出满意的微笑。
现在您寄来的不仅是一本书，
也寄来了您的喜悦，
并使我能分享您的喜悦，
感谢您！感谢您！
爱诗、写诗、译诗的朋友！

从这些字里行间我感受到一颗诗心的跳动，一股诗情的流荡。

戴望舒译《洛尔伽诗抄》

诗人戴望舒曾于1933年从巴黎到西班牙作过一次旅行，旅行的重要收获之一便是对西班牙诗人费·迦·洛尔伽诗歌的认识。

他译的《洛尔伽诗抄》由作家出版社于1956年6月出版，我的藏本则是1960年5月10日从府前街温州古旧书店购得的。洛尔伽属于现代派，现代派被指斥为资产阶级文学流派，是批判的对象。此时由于苏联文艺界进入“解冻”时期，名作家爱伦堡等人都出来为现代派讲话；而我国也正进入贯彻百花齐放、百家争鸣的“双百方针”时期，洛尔伽的诗才由译者的好友施蛰存整理出版。不过，第二年“反右”暴风骤雨一来，此类译著也成落花流水了。直到近年才由另人译出一个新译本，选目也有所不同。至于戴译单行本就我所知只出过一次，距今整整半个世纪了。

戴译本正文前有作者照片一、画像一、诗稿手迹一，选《诗篇》(1918—1921)二首、《歌集》(1921—1924)十四首、《深歌诗集》(1921)三首、《吉卜赛谣曲集》(1924—1927)六首、《伊涅修·桑契斯·梅希亚思挽歌》(1935)一首、《杂诗歌集》(1927—1931)六首，诗人的重要诗集都译到了，只有诗集《诗人在纽约》(1929—1936)没有，编者为求全面，自己动手补译了一首。另有编者从美国《群众与主流》1953年8月号译出乔治·李森的《洛尔伽活在人民的心里》和编者的《后记》。中译本出版时距离洛尔伽为西班牙长枪党徒谋杀已经二十多年了。

洛尔伽的诗引进后当然没有当年惠特曼之于郭沫若、泰戈尔之于冰心那样有影响，但也无意间帮助了一个朦胧派诗人的成长，那就是顾城

(1956—1993)。顾城在答记者问时写道:“洛尔伽的诗,我们家也有,放在书柜的最下层,我把它抽出来时,看见封面上画着个死硬的大拳头,我想也没想就把它塞回去,那个大拳头实在太没趣了。”“认真读外国诗(通过翻译——笔者)是在十多年后……我喜欢洛尔迦,喜欢他诗中的安达露西亚,转着风旗的村庄、月亮和沙土。他的谣曲写得非常动人,他写哑孩子在露水中寻找他的声音,写得纯美之极。我喜欢洛尔迦,因为他的纯粹。”顾城认为洛尔伽的声音里有一种白金和乌木的气概,一种混血的热情,一种绝对的精神,这声音震动了他。

对戴译洛尔伽诗有意识地作出积极反应的是深谙译诗之道的学者王佐良,他写道:“等到戴望舒翻译起洛尔伽等西班牙诗人的作品,他带我们进入了一个色彩和音乐的新世界:色彩强烈,而它的阴影也特别浓厚,总有那一种‘刚强中的哀愁’;而音乐首先是自然界的声音,特别是流水的声音……多么动听的美丽的译文!西班牙语的音乐性,西班牙诗人对强烈色彩的迷恋都传达出来了。”“更深一层看,诗的翻译对于任何民族文学、任何民族文化都有莫大的好处。不仅仅是打开若干朝外的门窗;它能给民族文学以新的生命力,由于它能深入语言的中心,用新的方式震撼它,使它重新灵敏、活跃起来。”顾城的诗多少印证了王氏的论断。

为了深入体会洛尔伽的诗,我曾通过可行的办法也翻译了他的五首诗(见《诗刊》2000 年第 9 期或拙著《最初的微笑》),在翻译中我发现戴译《蔷薇小曲》(拙译作《玫瑰——调寄卡西达》)的第一节第三行与第二节的第三行却颠倒了,与西班牙原文不符,不知何故。

《飞鸟集》和《新月集》

泰戈尔是印度现代最伟大的诗人、爱国者，也是对我国文化知识界产生很大影响的一位外国作家，七十多年前当他还不大为国人所知时，郑振铎是他的最热情的介绍者。

远在1922年秋，郑振铎就翻译出版了泰戈尔的诗集《飞鸟集》，这是泰戈尔作品在我国的第一个单行本，卷首由译者撰写的《泰戈尔小传》也是我国学者写的第一篇泰戈尔传。

为了更广泛深入地介绍这位印度诗哲，1923—1924年，郑振铎在自己主编的《小说月报》上先后三次推出《泰戈尔专号》，比较集中地刊登泰戈尔照片、各种作品的译文，以及东西方艺术评论家的批评。1923年郑振铎又翻译出版了泰戈尔的《新月集》，在译序里郑振铎衷心赞美这部以儿童生活为题材的诗集，说自己喜欢它，正如喜欢安徒生的童话，因为"它把我们从怀疑、贪婪的罪恶世界带到秀嫩天真的儿童的新月之国里去"。此外，他还从泰戈尔的《采果集》、《歧路》、《世纪之末》等集子中选译了一部分。同时他发表了论文《泰戈尔的哲学使命》和《泰戈尔的艺术观》，对认识泰戈尔的思想很有帮助。

1924年泰戈尔来华访问，这对恢复源远流长，但到了近代由于帝国主义侵略和破坏业已中断的中印文化交流具有重大意义，在此前夕，郑振铎发表了《欢迎泰戈尔》，对诗哲的即将到来表示极大的热情。郑振铎写道："他是给我们以爱与光明与安慰与幸福的，是我们一个最友爱的兄弟，一个灵魂上最密切的同路的伴侣。"当年中印两国同受帝国主义的侵略，泰戈尔在国内积极参加民族独立运动，在国际上猛烈抨击正甚嚣尘上的法西斯主义。作为东方被压迫民族的文化代表，他的道德文章，他的来访对当时中国是一个莫大的鼓舞。

郑振铎的介绍，尤其是他翻译的两本诗集，由于译文确实做到如作家许地山所希望于他的“新妍流露”，产生了长久的影响。《飞鸟集》、《新月集》出版后，类似的小诗、散文诗便在我国文坛上如雨后春笋般地流行起来。现在被尊为“新文学的祖母”的冰心，其处女诗集《繁星》就是受郑振铎译本的启发而诞生的；现任印度国际大学中国学院荣誉教授、中国南亚学会顾问的魏风江也是年轻时读了《飞鸟集》译本，不顾父兄反对毅然到当年贫穷落后的印度留学而成为泰戈尔的学生，成为中印友好事业的积极开拓者。当年不但年轻人如醉如痴地喜爱泰戈尔的诗，就是擅长旧体诗词的画家姚茫父读了郑的译本后也特地用五言旧体重写其意，于1931年出版了古色古香的线装《五言飞鸟集》。到了二十世纪七十年代，在那长达十年的文化浩劫中，还有青少年在寻求郑译《飞鸟集》，发出了“小鸟，你飞向何方”的呼唤(见赵丽宏散文)。可见郑振铎介绍泰戈尔，尤其是译介《飞鸟集》和《新月集》，对加强中印文化交流、增进中印两国人民友好、促进中国文学的创新与繁荣都起了良好的作用。

魏风江与《我的老师泰戈尔》

1986年8月，贵州人民出版社出版了一本小书：《我的老师泰戈尔》。此书悄然无声地一到书店就销售一空，两年来书评界并无反响，许多热爱此书者却遍寻不得。不大为人所知的作者魏风江先生也仍然离群索居，利用余年，埋头写着他的《漫话泰戈尔故居今昔》、《我所认识的国大党领导人》、《印度重访记》、《蔡元培先生送我留学印度》等一篇篇记师忆友之作，为把中印人民之间的友谊传给下一代而倾注心血。《我的老师泰戈尔》就是魏风江五十多年前师事诗人泰戈尔和圣雄甘地的回忆录。

远在三十年代，我国学术界前辈为遵循孙中山先生“联合世界上平等待我之民族共同奋斗”之遗教，组建“中印学会”，派遣留学生，当时一般人都向往日本、欧美，而很少有人愿到贫穷的亡了国的印度去留学。二十二岁的魏风江受伍光建译的《列宁与甘地》一书的鼓舞，不顾父兄的反对，决心不辞艰辛，踏着玄奘走过的道路到印度去，以恢复中断已久的中印文化交流事业。他的举动得到老师谭云山的赞许，经中印学会会长蔡元培的批准，只身赴印。临行前蔡元培连连称赞：“有志，有志；难得，难得。”并赠题词一幅：“智者不惑，仁者不忧，勇者不惧。”

魏风江拜谒了泰戈尔，成为泰戈尔创办的国际大学里第一个中国学生。他在泰戈尔和甘地身边四年，努力学习印度的历史、文学，同情并参加印度独立运动，结识了许多师友，播撒了中印人民友谊的种子。直到日本帝国主义发动侵华战争，他日夜悬念着祖国，再不能安心在和平之乡的桑汀尼克坦国际大学研究院住下了，才流着泪向泰戈尔告别。

泰戈尔无限惋惜而又同情地说:“看来,你也不十分强壮,冲锋陷阵,似乎也不大可能胜任。在后方做些宣传和动员工作,也可以对抗战做出贡献的呀!”

魏风江没有辜负老师的期望,1939 年返国后一直在浙江、上海等各大、中学从事教育工作。1981 年退休后还协同友人创办越秀外国语学校,并任校长。他早在 1961 年就将自己学生时代师事泰戈尔和甘地的故事追忆成篇,后却不幸全部散失。1981 年后他一个字一个字重新写出,终成《我的老师泰戈尔》一书,他昔日亲手拍摄下来的有关泰戈尔的照片和泰戈尔的手迹几经沧桑都完好地保存在这本书中。在这本小书里,他记载了国际大学草创时的情形,初谒泰戈尔的情景,泰戈尔生活的片断和国际大学师友们给予他的友情,篇篇都是他亲闻目睹之笔录,句句都是从他心里流出来的。

几十年来,他的老师早已离开人间,但他的思念之情从未间断,魏风江一直怀念他的第二故乡——印度,而印度人民也一直怀念他。1986 年 9 月间,他的老同学英迪拉·甘地夫人之子、现印度总理拉吉夫·甘地又一次来函向他致意。印度政府也曾邀他赴印作客。

1987 年 4 月 12 日,魏风江以年近八十的高龄终于来到阔别半个世纪的印度。为了让魏风江饱览印度风光,印度文化交流委员会为他安排了长长的旅游日程表,魏风江见了说:“我来印度不是来旅游的,乃是来扫墓和访旧的。”该会才把日程表作了较大的改动。

在印度,他受到各地人民热烈的欢迎,报纸誉他为“中国人民的友好使者,中印文化交流的先驱者,印度人民最爱戴的国际友人”。

在国际大学中国学院,学生在欢迎会上用汉语普通话致欢迎词,献给他花束和锦旗。在印有泰戈尔像的锦旗上用端正秀丽的中文写着:“欢迎您——在中国为泰戈尔精神不倦呐喊的老校友。”

几十年来,魏风江始终不忘泰戈尔、甘地和其他师友们的嘱托,努力促进中印人民的友好事业。近年,他在自己家里特地设置了一个泰戈尔纪念室,内展有许多泰戈尔和甘地的照片、手稿和书籍,并且不顾年老力衰,不停写作,为中印友谊大厦添砖加瓦。

诗人阿波里奈尔

我知道法国诗人阿波里奈尔是早年读艾青诗的时候，艾青在《芦笛》一诗的前面引用了阿波里奈尔的一句话："当年我有一支芦笛，拿法国大元帅的节杖我也不换。"从此我对诗人蔑视不公正的权势和坚守精神家园怀着钦敬。

阿波里奈尔出生于1880年，是一个意大利军官与一位波兰流亡贵族女儿的私生子。他是被作为弃妇的母亲带到法国的。他做过家庭教师、编辑，浪迹于社会的最底层。后来他与毕加索等青年画家结交，开展新美术运动。1913年他发表《未来主义的反传统》，在绘画诗歌方面树起了立体未来主义的旗帜。1913年出版诗集《烧酒集》，1917年出版图像诗集《美文集》。他认为，与科学不断创造出机器和飞机一样，诗也应不断创造出新鲜的东西。他说："诗人的任务就是不断创新、新的一切都在于惊奇……惊奇是强大的新生力量。"现在法国流行的各种各样图像诗最早就是他的创造。这种图像诗并不是文字游戏，而是根据思想内容表达的。如他写的《心》：

我的心啊宛如一朵颠倒的火焰

全诗由七个法语词的一句排列成一颗心的图像，它也像火焰。然而火焰的尖端朝上，而心的尖端朝下，形状又恰好颠倒。诗人的用意似乎表示心中的火焰烧反了方向；我们苦苦追求的结果往往正好相反。这首诗与另外一首诗后来就刻在他的墓碑前。

第一次世界大战爆发，他没有法国国籍，可以不去参军，但他却满腔热情申请入伍，结果被弹片炸得头破血流，动了开颅手术。他在战场上英勇奋战，在情场上却屡屡失败。1907 年春天，他认识了青年画家玛丽·罗朗桑，并狂热地爱上了她，但是几经周折最后又归失败。罗朗桑为阿波里奈尔作了有阿波里奈尔、毕加索与自己等人在内的一幅画，为后人留下了立体派艺术家的群像。而阿波里奈尔则写了《蜜拉波桥》（此诗已有五种汉译）回忆自己与玛丽·罗朗桑站在桥上望着塞纳河的情景。诗人感叹时间、爱情与流水一去永不回！世上的一切变动无常，只有"我心依旧"：

让黑夜降临让钟声吟诵
时光消逝了我没有移动

这两行诗在篇中反复出现，一再表白心迹。

1918 年，阿波里奈尔终于与曾经看护过他的姑娘雅克琳·科尔布结婚，证婚人是毕加索。这时的诗人健康已经很差，当年就去世了，年仅 38 岁，死后葬在拉雪兹神甫公墓。

不久前，我的孩子有法国巴黎之行，我嘱他一定要去拜谒这位诗人的坟墓，代我向他献上一束红花，因为他是继承十九世纪的象征主义、开创二十世纪诗歌新局面的人物，是法国二十世纪第一位大诗人，更因为他是位诚挚的人，给我们留下了一代绝唱：《蜜拉波桥》。

《天竺旧事》中的故事

2000年8月5日，金克木先生在北京逝世，哀思之中不禁展读先生五年前答复我的一封信——

瞿光辉先生：

大札及尊译收到已久，迟复请谅。

两英译既说译自原稿，当然是原作尚未出版，文学史中自然没有，仅据书名用文言字不能判断其为何种印度语是古是今是真是伪。正如"飞鸟"是古语，不能据此推测为何书，我已八十四岁，记不起是否从前见过此书。这类书很多，你可从英文看出内容（书名下连作者及语种都没有）。

尊译似是改作，S. B，已是泰翁依孟加拉语原作诗意改写成短语，并非原诗（印度多种语言中此类"绝句"诗多极）。尊译又是就其译意作成五言绝句，即作为足下创作可也。

匆复，顺颂

大安！

金克木

95.6.24

打印稿想有底，不再寄回。

我收藏有两本英文的印度神话，扉页印有印度古文字，英译者说是译自原稿。翻读金克木先生著《梵语文学史》，未有发现，我怀疑是假托，于是复印扉页寄金先生处请教。我同时寄去试译的泰戈尔《迷途飞鸟集》(*Stray Birds*)数十首，用的是五言古诗体，借此想听听金先生的意思，因为金先生是印度文学专家，翻译过不少印度古典和泰戈尔的《我的童年》。一个月后金先生作了答复。这来自北京大学朗润园的春风对我自然是一种抚慰，一种激励。先生挥毫作答是出于对后学的指点、关怀；可也许是由于我是温州人又一次令他想起自己六十多年前在印度由一位老和尚带领去会见过"鸟巢禅师"——一位温州人吧。这位温州人不远万里来到"西天"朝圣，在佛"涅槃"的圣地发愿一定要见佛。他在荒地里搭房住下修行，当地居民不让他盖。他几次三番试盖都不成，只能在野地里住。当地人也不肯布施他。这里靠北，又近雪山脚下，冬天相当冷。他急了，就上大树搭个巢。可是当他远行募化时，居民把巢拆了。他回来又搭。这样几次以后，忽然大家被他的苦行感动，不拆了，反而有人把他看作是印度教罗摩大神下凡，对着大树向他膜拜了。这故事我就是从金先生的散文精品《天竺旧事》中读到的。

我知道金克木先生很早，读初中时就知道迦梨陀娑的《云使》是他从梵文翻译的。几十年来我爱读他的书，增加了知识，也受到教育。金先生是一个终身爱学习的人。他手上只有一张小学文凭，却学会英、法、印地语、乌尔都语，而且不只一般认得，而是在我国最高学府北京大学东语系教授了几十年。他从乡间小学教到初中、高中、大学。他精通文、史、哲，年轻时在武汉大学就教法语和印度哲学史，六十年代独力撰写的《梵语文学史》在国内更是前无古人的。晚年《印度文化论集》、《比较文化论集》、《旧学新知集》、《文化的解说》等论文集如泉喷涌，其时先生已七八十高龄，却仍能与时代潮流息息相通，对新学科标帜下的名目几乎门门涉足，继续写出《谈符号学》、《谈诠释学》、《谈信息论美学》。更难得的是，无论东方之谜或西方科学的思潮一进入他的脑海就能从中国古典中找到解说。他在论述德里达的解构主义时说："照我看来，从哲学美学方面说八十年代的欧美的孙悟空还没有跳出中国、印度、日本古代如来佛的手掌心。"

金先生是学者，又是作家，他的小说别具一格，散文小品有口皆碑，他的言论往往出人意表。比如他既写新诗又写旧体诗，有新旧诗集《挂剑空垄》行世，他的旧体诗词很有神韵，他却说："事实上新诗虽不流行，探索没有断，旧诗似乎作的人不少，却是已经断气了。"他说话真率有如儿童。

金克木先生的去世实在是我国文化教育界的一大损失。悼惜之余，我想我们应该更加珍视他辛劳一生留下的著译，因为美丽的事物是我们永远的欢乐。

奈都夫人和她的诗

十九世纪、二十世纪之交的印度出现了两位著名的诗人——泰戈尔和奈都夫人。泰翁以东方的“梵我一体”的哲理，柔和的诗情抚慰了受过欧战炮火惊扰的心灵；奈都夫人则以西方的理性主义奔放的诗情唤醒了受英人蹂躏的同胞。他们的诗风格各异，但互相辉映，构成了一幅奇丽的印度“诗锦”。

泰戈尔，我们相当熟悉了，他是我们热诚的朋友；而萨洛季妮·奈都夫人在我国文学界虽时有所闻，但对广大读者来说，还是相当陌生的。

奈都夫人原名萨洛季妮·查托巴地娅(Sarojini Chattopadyay)，1879年2月13日出生于一个婆罗门家庭，父亲是个教育家，曾创办尼西姆学院(Nizam College)，长期担任大学校长。她的母亲也能写诗，以致奈都夫人十一岁就开始学习写诗了。十三岁时曾在六天内写了一首长达一千三百行的诗。然而，父亲却希望她成为科学家，因此总是多方给她创造这方面的条件。十六岁时获尼西姆特别学位后就把她送到英国伦敦大学皇家学院深造。虽然如此，奈都夫人对写诗仍难以忘怀。后来由于健康的原因，于1898年回国。不久，她不顾阶级的限制，人言的可畏，毅然爱上了出身卑贱的奈都，并冲破自古以来就不得通婚的禁令与之结婚。这在一个世纪前的印度是极不容易的事。

奈都夫人自幼学习英语，并且在语言方面很有天赋，父母在家用母语与之交谈，她总用英语回答，即使写诗也极力模仿英国的济慈与丁尼生。后来她把自己的诗给英国诗友高斯(E. Gosse)看，高斯读后很不满意地说，读您的诗像是在读济慈与丁尼生的。他力劝奈都夫人采用本国的题材，本国的韵律，奈都夫人接受了劝告，把自己的那些诗稿付之一炬，重新再来。

我国“五四”时代著名诗人刘半农首先于1918年在《新青年》上译出了奈都夫人的诗《倚楼三首》和《海德辣跋市五首》。

《倚楼》是首爱情诗，我们从中可以看到印度的奇花异草、昆虫禽鸟，闻到花的香味，草的芬芳，听到各种乐器的奏鸣和喁喁情话：

唉，至爱昵者，我将何以衣被汝？
以孔雀与鸽之色彩。
唉，至爱昵者，我将何媚恋汝？
以爱情中愉美之沉默。

这样的诗显然已不同于济慈与丁尼生，其意象、情境都是印度的，在《海德辣跋市五首》中更为突出。面对物件纷陈，琳琅满目，你仿佛置身于光怪陆离、五彩缤纷的集市中，却能听到富有韵律的一曲印度市场之歌：

唉，尔生意人，尔何所卖？
尔所陈商品富也。
有朱银色之头巾，
有紫锦之裙，
有琥珀玻璃之镜子，
有青宝石柄之短剑。
唉，尔买卖人，尔何所秤？
是番红花，是扁豆与米。
唉，尔女郎，尔何所磨？
是檀香，是指甲花，是香料。
唉，尔负贩人，尔何所叫唤？
是棋子与象牙之骰子。

四十年后，我国著名女诗人冰心怀着对印度人民深厚的感情翻译了奈都夫人的十二首诗，以委婉的笔触用当代口语再现了奈都夫人的诗歌风貌。

奈都夫人以女性对色彩、声音的敏感，生动地反映了印度人民的生活。如在《叫卖声》里，早上天刚一亮，工人未吃饭便赶去做工，进入他们耳膜的是"买馒头吧，买馒头吧"；在正午，骄阳当头，口渴难熬，人们听到的是"买水果吧，买水果吧"；当夜幕降临，人们准备享受休闲的乐趣，飘来的则是"买花吧，买花吧"——

When lutes are strung and fragrant torches lit,

On white roof—terraces where lovers sit,

Drinking together of life's poignant sweet,

Buy flowers, buy flowers floatdown the singing street.

诗中充满着热带音色，表现了作者对生活的热爱，这种情怀在《诗人赠死亡》一诗中就更为热切了，虽然身体孱弱，在恋爱中又受到常人难以忍受的讥笑辱骂，死神经常在她身边逡巡，她还是断然拒绝了死亡温柔的诱惑与来世幸福的许诺，喊出了"我不能死去"，因为"我甜柔的生命正在它春天中萌茁"，"我的一切开花的希望还没有结实"。"我的喜乐还没有贮藏起，我的所有的歌还没有唱出，我的所有的眼泪还没有流掉"。

奈都夫人是个多情的人，但她没有把自己囚禁在个人的小天地里，她关怀自己的同胞，关心受外国殖民者践踏的贫穷落后的祖国，她的恋爱就是一个愤世嫉俗的例子。她痛恨不平等的种姓制度，同情善良的弱小者，她视祖国为母亲，祈求她从幽暗中再生，所以她跟随圣雄甘地，积极投身民族解放运动，她用多种语言到处发表演讲。据魏风江先生回忆："奈都夫人上台演说时双手挥舞，慷慨激昂，有时杂以诗句，声音宏亮。如果说她是一只印度的夜莺，那她就是一只愤怒了的夜莺，要声声叫破前夜的黑暗。"奈都夫人是印度第一个被选为国大党领袖的妇女，又是妇女会议的主席。她多次被捕入狱，然而这并没有挫断她的意志，她一次又一次地领导着斗争，直到她的祖国获得解放。印度独立后的第二年，1949

年，她与世长辞了。

奈都夫人的一生与她的诗风一样，有时温婉，有时激昂。在《夜中》，她低低地歌唱："睡吧，我的小人儿，睡吧。""我们哭泣的眼泪使你们富足。"在《威武不能屈》中，她立下誓言："你虽然把我的生命碾压得像碎末/看，我要用我的眼泪使它发酵/还把它做成'希望'的饼去安慰、哺养/那些除了悲痛的苦药以外/得不到食粮的无数的心。"她是一个奔放、磊落的女性，既热情又敏感，表面上似乎脆弱，骨子里却充满着坚毅。她写小说写剧本，但尤以诗歌出名，著有诗集《民歌》(*Folk Songs*)、《挽歌》(*Dirge*)、《时间的鸟》(*The Bird of Time*)、《折断了的翅膀》(*The Broken Wing*)、《神笛》(*The Sceptered Flute*)等。我国印度文学研究家糜文开曾译出《奈都夫人诗全集》，可惜为海峡风云所阻，我们无法一睹他译文的丰采。1994年，长期从事泰戈尔作品译介的吴岩先生译出了奈都夫人诗选《金色的门槛——印度之歌》，这是一件十分可贺的事。我们跨过这"金色的门槛"，将会看到一个怎样绚烂的天地？

《神曲一脔》

方吾生之半路，
恍余处乎幽林，
失正轨而迷误。
道其况兮不可禁，
林荒蛮以惨烈，
言念及之复怖心！

这是意大利伟大诗人檀德（现通译但丁）的名作《神曲》之开头。寒斋藏有它的最早汉译《神曲一脔》，是上世纪二十年代钱稻孙根据原文译出的。全书收开头三篇，上海商务印书馆发行，收入“小说月报丛刊”，为第十种，1924 年 12 月出版，意汉对照。钱氏晚年入门弟子、著名的日本文学翻译家文洁若女士在《我所知道的钱稻孙》中也只提到“他用离骚体从意大利文译过但丁的《神曲》”。她未写出确切书名，也许未见文本。这本六十四开的薄薄小书现在是很难得见了吧。译文前附识语云：

十四年前，予随侍父母游意大利，每出必猎其故事神话，纵谈承欢。其时即读《神曲》原文，归国后，尝为试译其起首三曲。初译但欲达意，不顾辞藻韵调；惟于神话传说，则任意诠注，曼衍孳乳，不自范围，仍纵谈娱亲之志。近年屑屑于米盐，久置不续矣。今年适遇檀德六百周年，而予亦方人生半路。偶理旧稿，又改其第一、三两曲为韵译，并原译第二曲而为此篇。一九二一年，译者识。

此虽为不到百页之小书，但意汉对照，诠注甚详，实为译者研究心得之结晶。

钱氏精通日、意、法、德等国文字，除了中国古典文学，还精通音乐、戏剧、美术、医学。他实在是一位“学富五车”的难得的学问家。他在大学时代专攻医学，民国初年任教育部视学，同时为北京大学医学院的日籍教授做课堂翻译，日籍教授回国后，即在医学院教人体解剖学。晚年任人民卫生出版社编辑。

钱稻孙的毕生志愿是要完成日本平安时代的名著《源氏物语》的翻译。但事与愿违，出版方要求他翻译《近松门左卫门·井原西鹤选集》，业内人士认为这两人的作品难度极大，翻译它们非钱氏莫属。

钱稻孙虽然满腹经纶，但也难逃悲剧的命运。中国的知识分子最关心时事，最关心政治，也只有与政治牵上关系才会有所作为。但在乱世抉择却非易事。选择对了，有时也难免招致灭顶之灾；错了，更是一失足成千古恨。

钱氏 1887 年生于世代书香之家，从小在日本上学，日本文明使他沉迷，其凶残的一面他可能就视而不见了。回国后他住在北京受壁胡同九号，那是他父亲（曾任清朝政府派到日本的留日学生监督，后任意大利、比利时公使）购置，他本人的工资除了养家糊口全都买了书——绝大部分是日文书籍，堆满了七大间屋子，他早年曾计划建立一座图书馆。日本投降后，他被国民党政府以汉奸罪投入监狱——他曾任日伪时期北京大学校长——书也全部没收了。

钱氏目力较差，身体却很硬朗，有人估计他能像萧伯纳那样工作到九十多岁，然而在他七十九岁，1966 年的红八月，他被红卫兵抄家，连床都抬走了，老人被殴打得遍体鳞伤，躺在地上呻吟，后来咽不下东西，不久就死了。

上世纪八十年代初，钱稻孙的政治问题终于得到平反：日伪时期担任北京大学校长一事不作汉奸论处。

除了《神曲一脔》和“文革”中荡然无存的积存了一辈子的文稿外，先前出版的还有《日本诗歌选》、《盒树记》、《樱花国歌话》、《万叶集》、木下顺二的戏剧《待月之夜》、山代巴的小说《板车之歌》、电影剧本《罗生门》、林谦三的《东亚乐器考》。

傅东华译《参情梦及其他》

一首诗经过翻译应当仍旧是一首好诗。不过，当时认为好诗，时过境迁，后人并不一定认同。今人读苏曼殊译拜伦诗，肯定会认为它古奥、艰深。然而，与苏曼殊同时代的鲁迅曾受到感动："有人说 G. Byron 的诗多为青年所爱读，我觉得这话很有几分真。就自己而论，也还记得怎样读了他的诗而心神俱旺。……《新罗马传奇》中的译文也曾传颂一时，虽然用的是词调。"(《坟·杂忆》)

傅东华(1893—1971)当年用弹词形式译温柔敦厚的丁尼生，有人讥之为"轻飘飘的译法"，认为译者"糊涂透顶"。我想傅译在当时也该是令人耳目一新的译法吧。文学翻译不是翻印，它一定会融进译者的艺术趣味，也往往因此有了独特的魅力。但并非长久如此，古代实用的器皿，到了后世就往往被陈列在博物馆里供人观赏了。

傅东华曾经发过一个愿心，要在五年之内用韵语翻译外国长诗一百种，后来未能如愿。于是将长长短短的八首(其中有丁尼生长诗二首)印成单行本，算作最后的纪念，这便是《参情梦及其他》。我的藏品系开明书店 1928 年 9 月初版。

《生命的花果》编译后记

外国大诗人中我最接近的是印度的罗宾德拉纳特·泰戈尔。不知道什么原因，我很年轻的时候就喜爱他的诗。那时我已经学了一点英文却苦于读不到他的英文诗。他的英文诗大都是他亲自从孟加拉文翻译过来的，几乎是他的再创作。后来，我在别人的著作中发现了一段引文：

Do not keep to yourself the secret of your heart, my friend!

Say it to me, only to me, in secret.

You who smile so gently, softly whisper, my heart will hear it, not my ears.

仅这么一段就把我深深地迷住了，我不知道反复诵读了多少遍，还高高兴兴地把它译成中文，可惜它是不完整的！我为此深感遗憾。那时根据他的同名诗篇改编的印度电影《两亩地》正在我国放映，诗人对农民命运的深切同情，使我与他更接近了，我觉得他是诗人中的一位圣者。记得五十年代末期，我在中学时经常一边读书一边集体到乡下种田，田头休息或傍晚收工归来时，我总是请那位善歌的同学哼唱电影《两亩地》中的插曲：

田野到处都在哭号，
快快播下爱情种子，
光阴飞快地消逝，
一去不再来……

那柔曼而忧悒的曲调常常使我有如置身在印度的田野上，望云影飘过远处的青山……

不久，我考进了杭州的一所大学，在它的图书馆里发现了泰戈尔的英文诗集，那真比找到任何珍宝还要惊喜！由于健康与心绪的原因，没有多久便离开了那所学校，在离去之前，我赶着抄录了几十首泰戈尔的诗，它们就是这卷译诗原文的主要来源。那时我第一次尝试用五言体译了《飞鸟集》中的一首：

大地昨垂泪，
多情何所归？
蓓蕾含露笑，
莹莹花心内！

到今天已经有三十多年了，当年却不知道那时正是泰戈尔诞生一百周年！

岁月易逝，韶光不再，但我对泰戈尔的景仰之情却始终未曾衰减，特别是十年前我偶然得知泰戈尔还有唯一入门的中国弟子住在西子湖畔，真叫我再一次惊喜万分。不久我们就联系上了。他把自己刚刚出版的书《我的老师泰戈尔》(*My Tutor Tagore*)寄赠给我，并在扉页题上：

泰戈尔的“爱”，使我与陌生的你携起手来，实为幸事。

感谢他与我结成了忘年之交，成为我与泰戈尔之间一条活的纽带，他就是这本译诗集序言的作者，印度国际大学中国学院教授魏风江先生。没有他的鼓励，我是没有勇气翻译完成这些诗篇的。

收入本书的泰戈尔诗(1—26)(27—42)(43—55)(56—66)(67—69)(70—76)分别译自他的《飞鸟集》、《园丁集》、《吉檀迦利》、《采果集》、《爱者之贻》、《渡口》、《游思集》。现在我将它们编为一卷，题为《生命的花果》，取他说的我们爱生命所以工作，而生命之起源与价值与意义就是爱的意思(瞿世英《泰戈尔的人生观与世界观》)。泰戈尔的每一种集子大多是他从自己的好几个孟加拉文诗集英译选编而成的。它们里面的各篇原是独立的,编成专集后当然也可以看作是一个有联系的整体;我编译的这个集子也可以这样看待。

我翻译这些诗的时候总是尽力贴近原译,惟《飞鸟集》里用五言体译出的有时有所节略,有时有所阐释,这也是遵循泰戈尔教导的,他将自己的诗译成英文时就是这样做的。这些五言体译诗我曾经寄给我一向敬仰的前辈诗人、翻译家,也是我学习泰戈尔诗歌的最初带路人之一的冰心先生过目,当年年逾九十高龄的冰心先生还应我的嘱托题写了我的译文,在我业余的文学生涯中留下美丽的一页,这也是我感激不尽的。

纪伯伦作品在中国

纪伯伦·哈利勒·纪伯伦(Gibran Khalil Gibran,1883—1931)是二十世纪杰出的诗人,当时世界上最优秀的英语作家之一,阿拉伯现代文学的一面旗帜。他以阿拉伯语与英语写下多种杰出的小说、寓言、散文诗等,他几乎与印度现代伟大诗人泰戈尔齐名,他们的作品被欧美人认为是"东方最美妙的声音",他们被称为"站在东西方文化桥梁上的两位巨人"。

一

本世纪初,纪伯伦的作品在中国首先受到一向重视世界弱小民族文学的作家茅盾的注意,他于 1923 年 4 月 3 日和 17 日在《文学周刊》第八十六和八十八期上发表了纪伯伦的散文诗《批评家》、《一张雪白的纸说……》等五篇,均译自纪伯伦的寓言、散文诗集《前驱者》(*The Forerunner*,1920),其时为该集出版的第二年。

早期介绍纪伯伦最热心、译出作品最多的是温州人刘廷芳(1891—1947),他比纪伯伦年少八岁,二十年代在美国留学、任教,1925 年回国后在燕京大学神学院等校任教,即开始翻译纪伯伦的作品。1929 年 12 月北新书局出版了他译的《疯人》(*The Madman*,1918),为"风满楼丛书"之一,收纪伯伦寓言、散文诗三十五篇。该书为纪伯伦从阿拉伯语写作转入英语写作时期的第一部作品。接着刘廷芳完整地译出了《前驱者》,系"风满楼丛书"第六种,由译者自费印出一百册,不发售。刘廷芳是个基督徒，他喜欢纪伯伦的作品显然是纪伯伦创作的有关耶稣的题材以及作品中浓重的宗教气息对他有很大的吸引力；此外，纪伯伦崇尚的“爱”与“美”也引起他的共鸣。纪伯伦认为“美”是艺术的极致，是他崇拜的主神，“美”中有真理和光明；“爱”则是圣洁的顶峰。因此，刘廷芳逝世前还协同女儿刘俪恩译出了《人之子》(*Jesus the Son of Man*，1928)，散见于教会刊物《真理与生命》。

但是纪伯伦为中国人所熟悉，主要还是因为谢冰心译出了他的代表作《先知》(*The Prophet*，1923)。

先知亚墨斯达法在一个名叫阿法利斯的城中等他故乡的船到来一直等了十二年。这个城里的居民深深地爱他，临别时大家聚集起来挽留他，他也不无留恋。然而圣殿前的女预言者爱尔美差深知众人的爱无法将他系住，他必须归去，她就请求先知在别离以前对大家讲说真理，生和死中间的一切。于是他就婚姻、友谊、施与、工作等二十六个问题抒说了看法，表现了纪伯伦对全人类深切的爱。如《先知》第六章写的：

“我说生命的确是黑暗的，除非是有了激励；一切的激励都是盲目的，除非是有了知识；一切的知识都是徒然的，除非是有了工作；一切的工作都是虚空的，除非是有了爱。当你仁爱地工作的时候，你便与自己、与人类、与上帝联系为一。”

他又说：“工作是眼能看见的爱。”他还提出要“仁爱地工作”，因为“……在你劳动不息的时候，你确实爱了生命。在工作里爱了生命，就是通彻了生命最深的秘密。”(冰心译文)

1927年冬天，冰心在一位美国同事那里看到纪伯伦用英文写的几种散文诗，她尤其喜爱其中的《先知》。1928年冰心在燕京大学讲一门“习作”课，她就请习作班的同学们分段翻译，她和他们讨论斟酌，但修改后的译稿没有收集起来。1930年冰心在母亲逝世后病了一场，病榻上重读《先知》，觉得很有重新翻译出来的价值，于是译文就从当年4月18日起陆续在天津《益世报》文学副刊上发表，后因副刊停刊而中止。到了夏月她才又一鼓作气将其译完，于1931年由新月书店出版。这是我国新文学运动史上介绍东方文学的一件大事，译本也是新文学运动中翻译东方现代文学的精品之一。此书在四十年代初开明书店出版《冰心著作集》时再版。

中华人民共和国建立后，为了团结反帝的需要，介绍亚洲文学艺术，学习他们的优秀作品，是一项重要任务。冰心译的《先知》又于 1956 年由人民文学出版社再版，冰心在《前记》中再一次赞扬了纪伯伦的这部杰作，并且号召青年人去学习阿拉伯语，以便为介绍亚非文学作出贡献。1957 年 8 月号《译文》杂志出了“亚洲文学专号”，苏龄、哲渠从俄语合译了纪伯伦的《散文诗三篇》。1960 年 4 月人民文学出版社出版的《黎巴嫩短篇小说集》收有纪伯伦的两篇小说，是水鸥根据俄译本转译的。1963 年 1 月号《世界文学》刊出了冰心译的《沙与沫》(*Sand and Foam*，1926)部分译文。此后将近二十年的时间，纪伯伦在我国文坛上销声匿迹了。

粉碎“四人帮”后，纪伯伦作品的介绍进入了前所未有的热烈时期。仍然是冰心先生于 1981 年在《外国文学季刊》全文发表了《沙与沫》。1983 年是纪伯伦诞辰一百周年，湖南人民出版社特地约请阿拉伯语专家仲跻昆、李唯中、伊宏翻译出版了纪伯伦的《泪与笑》，这是我国第一部从阿拉伯语原文译出的纪伯伦作品集。第二年，中国笔会中心编辑出版了《折断的翅膀——纪伯伦作品选》，其中包括中篇小说杰作《折断的翅膀》(郭黎译，朱威烈校)以及杨孝柏、王复、王伟等人译的短篇小说、散文和故事。1986 年 6 月百花文艺出版社出版了吴岩翻译的《流浪者》，此书除了第一部分十二首散文诗系作者青年时期的作品外，还收进了《流浪者》(*The Wanderer*，1932)《先知园》(*The Garden of the Prophet*，1933)等晚期作品。1989 年 12 月人民文学出版社出版了绿原翻译的《主之音》(附《疯人》)。1992 年李琛选编了《先知的使命——纪伯伦诗文集》，选入了谢秩荣译的《行列圣歌》、仲跻昆译的《大地的神祇》(*The Earth Gods*，1931)，薛庆国译的《游子》、伊宏译的《爱情书信》。1992 年三联出版的《沙漏——外国哲理散文选》收集了田智译的《先知》十七章。1993 年浙江文艺出版社出版了《纪伯伦散文诗全集》，除了旧译外，新译的有怡静的《疯人》，卢永、卢劲的《人子耶稣》，陆孝修的《流浪者》，伊宏、艾洁的《先知园》。差不多同时，漓江出版社出版了秦悦译的《人生箴言录》。1994 年 6 月河北教育出版社印行了韦玉兰、刘新泉等人译的《纪伯伦全集》，分阿拉伯文卷（关再主编）和英文卷（钱满素主编）。

二

纪伯伦作品介绍到我国以后，我国读者一直给予很高的评价，冰心在《先知》译序中写的“那满含东方气息的超妙的哲理和流丽的文辞，予我以极深的印象”，可视为中国作家对纪伯伦代表作的最早的言简意赅的评语。

较早详细介绍纪伯伦及其代表作《先知》的还有施蛰存，他撰写了《〈先知〉及其作者》，他写道：“亚剌伯的哲人，诗人和画家喀利尔·纪伯兰的著作，我最初读到的是1920年出版的那本《先驱者》(*The Forerunner*)。那是一本精致的寓言小诗集。从别人处借得来以后，以一夕之功浏览了，终觉得不忍释卷。因为篇幅并不多……从第二日起便动手抄录了一本。这可以算是我唯一的外国文学的手抄本，至今还妥藏在我的旧书篋里。看到他的另一著作《疯人》，也曾觉得十分满意……他的名著《先知》(*The Prophet*)出版之后，广告的宣传与批评的奖饰，使我常以不能有机会一读为憾，……直到如今，冰心女士的谨慎的译文，由新月书店之介绍，而使我得以一偿夙愿，感谢无已。”喜爱之情溢于言表，并且作出了批评。对于《先知》他说：“在我个人的好尚，觉得它虽然有许多美不胜收的名言哲意，虽然极其精警，但对于这种东方圣人正襟危坐的德教体裁，终有些不耐烦。我是宁愿推荐上文提起过的两种寓言小诗集的。在那里，我们可领略到许多的幽默，正如展读屠格涅夫的散文诗和梭罗古勃的小品一样地愉快——不，应当说不愉快。”

四十年代著名的希伯莱文学研究家朱维之在其《基督教与文学》一书中多次提到冰心与刘廷芳的译文。他在评述纪伯伦的《人之子》时也论及刘廷芳、刘俪恩父女的译文：“《人之子》是最富丽而别有生趣的散文诗，根据当时人底记述，拟想那耶稣的生涯，特别是从生后到开始传道以前的一段，别人无从下笔的地方，他却写得有声有色，……译笔也清丽可诵。”他把纪伯伦归入基督教诗人的行列，并且认为“《先驱》、《疯人》、《先知》那些新鲜活跃的散文诗，颇有尼采底风格”。

建国后到“文革”时期，只有在1957年苏龄、哲渠在《散文诗三篇》的《译后记》中对纪伯伦作品所包涵的意义作了比较深入的阐述。译者写道：“他在理想世界中宣扬着美和爱情。这成为诗人作品中最基本的、几乎是唯一的主题。诗人的所谓‘美’，被发现在大自然里，而诗人所讴歌的‘爱情’，则是与大自然同在，——大自然的本身就满蕴着爱情。在我们看来，诗人对爱情的界说，包罗甚广，一般是泛指生命的繁荣，而他的自我的出发点则是附丽于‘人’，因此他的作品不时透露出这样的消息：爱情仅仅可能随着她所爱的‘人’的死亡而死亡。这种孳生于大自然的‘美’和‘爱’所形成的和谐，与诗人所处身的资本主义社会的悲惨的现实，存在着不可调和的矛盾。……因而，诗人一方面直觉到他处身的社会必须改变，另一方面在他所有的诗篇中又贯串着现实主义的忧郁。这种忧郁导致诗人创造了他的理想世界，大自然与爱情的世界。”

九十年代初，我国出现了一段时期的“纪伯伦热”，对纪伯伦的介绍与研究进入了一个高水平时期。其表现有三：

一，对纪伯伦的生平研究更为全面。如杨孝柏的《一棵苍翠的雪松——纪念纪伯伦诞生一百周年》，写出了纪伯伦创巨痛深的人生体验与用“血”创作的艰苦历程。黄培炤的《纪伯伦的爱情生活》叙写了纪伯伦的个人生活经历，在物质与精神上曾无私地支持他的美国女子玛丽·哈斯凯尔(1873—1964)五十三岁时远嫁他人；远在埃及的黎巴嫩姑娘梅娅·齐雅黛(1886—1941)至死倾心于他，纪伯伦却小心谨慎，不敢迈出关键的一步，以致自己终生未娶，梅娅也在得知纪伯伦逝世的噩耗而精神失常，郁郁而死。文章阐明纪伯伦与几个女性的交往中反映出的思想矛盾，实质上是东西方文化的冲突在他身上的表现。纪伯伦既推崇西方高度发达的物质文明，又厌恶西方社会的人欲横流，对东方故国苦苦依恋，恨其愚昧落后又难以割舍，导致在婚姻上无所适从。

二，开始从比较文学的角度分析、认识纪伯伦。1981年冰心为《先知》《沙与沫》合集写了新序，她写道：“我很喜欢这本《先知》，它和《吉檀迦利》有异曲同工之妙。不过我觉得泰戈尔在《吉檀迦利》里所表现的，似乎更天真、更欢畅一些，也更富于神秘色彩，而纪伯伦的《先知》更像一个饱经沧桑的老人，对年轻人讲些处世为人的哲理，在平静中却流露出淡淡的悲凉！书中所谈的许多事，用的是诗一般的比喻反复的词句，却都讲了很平易入情的道理。”1988年伊宏在《率先走向世界的东方文学家：泰戈尔和纪伯伦》中全面论述了泰戈尔与纪伯伦在思想、艺术上相近、相通之处：他们都不接受金钱的雇佣，不屈从权势的支配；他们具有艺术家的气质，表现出多方面的艺术才能；他们对生命都从“爱”出发，探索其意义；他们都是标志民族觉醒、人性觉醒的“自由”的呼唤者；他们都是伟大的爱国者，又都以英语给全人类贡献了自己最精美的精神食粮——一个用英语译出自己的《吉檀迦利》，一个用英语写出自己“思考了一千年”的书《先知》。伊宏认为：“泰戈尔在《吉檀迦利》中描绘了的是人类在渴望与他的‘上帝’——真理相会之前的那种热烈、虔诚的态度和犹疑、愧怍的心情。纪伯伦在《先知》中则反映人类应如何规范自己的行为道德，以实现‘神性’。这些内容新颖别致，在很大程度上带有普遍性，所以才吸引了西方的读者，所以作者才成为20世纪率先走向世界的东方文学家，成为20世纪世界文坛上的东方冲击波。”《吉檀迦利》荣获世界公认的最高奖；《先知》则被译为二十多种语言在世界各地流传，历久而弥新。

三，对纪伯伦的宗教感情有了较新的理解。过去要么简单地将纪伯伦归入基督教诗人的行列，要么给他戴上泛神论的桂冠。钱满素于1994年发表《纪伯伦文学遗产的精华》，着重提出纪伯伦作品中浓重的宗教气息是因为一个大诗人所关注和思考的是宇宙、人、社会、真理这些最本质的问题。纪伯伦从激越的反叛转向形而上学的思考，其最高形式对他来说不是哲学而是宗教。他相信精神是最高形式，而“任何精神都体现在上帝中”。上帝永远是人们崇拜、追求、热爱的对象，是一切思想感情的核心和终结。纪伯伦借《大地神》中的话说：“人类的一切若止于人间便毫无价值。”因此他写耶稣、写神、写先知，并以一个先知自居来表达自己的理想。纪伯伦并不否定上帝与基督教，因为他理解人的精神需求，认为这是人类精神升华的途径。但他又不同于一般教徒，他认为“天堂就在人间”，人自己就应该是上帝，“上帝是长了双翼的我们”。他清楚人的多重性：既有人性，又有神性，还有侏儒性，他强调每个人都有完善自己的可能性，人应该以自己的神性来克服侏儒性，超越"小我"，升向"大我"，最终与万物合一，与上帝合一。

纪伯伦的好友努埃曼半个世纪前就曾说过，纪念纪伯伦的最好的方法是让他的作品广为流传，让他的精神在人们的灵魂中竖起雕像。我们中国人民从纪伯伦快要离开人世的时候就开始这样做了，七十多年来，纪伯伦与他的作品日益为我们所珍爱、所熟悉。他生前对后人的要求不是赞誉，而是倾听的耳朵和理解的心。相信今后我们对这位为人类的进步而呕心沥血的"东方之子"会有更多的理解。

《伊索寓言》中译本

上

最早译成中文的外国文学作品除部分佛经外当推伊索的寓言了。就现在所知，最早介绍、翻译伊索寓言的是意大利的耶稣会教士利玛窦，他在自己的有关比较宗教、哲学和文艺的研究论著《畸人十篇》(1608)一书中介绍了砾琐伯(即伊索)的名字与言行，并引用翻译了他三则寓言。其后，他的助手与后继者、西班牙的耶稣会教士庞迪我在他所著的《七克》(1614)一书中也介绍翻译了五六则伊索寓言。他们翻译介绍的都是为了阐发自己的论点而引用的零星的几篇。

以专集译本出现的是明天启五年由法国人(一说比利时人)的耶稣会教士金尼阁口授，中国泉州天主教士张赓笔传的《况义》(1625)。此书当年于西安府印行，后即绝版而且绝迹，连权威研究家戈宝权先生在国内外各大图书馆都见不到踪影。直到 1984 年 11 月戈先生应法国对外关系部和巴黎第八大学的邀请，前往法国访问讲学时才在法国国家图书馆东方手抄本部见到了《况义》一书的两种手抄本。现录大家耳熟能详的一篇，以见古译伊索寓言面目之一斑：

> 乌栖枝啄肉。狐欲夺肉。诡谀乌曰。人言黑如乌。乃濯濯如雪。是堪为百鸟王。但未闻声何如。乌大喜。口害然而鸣。肉下坠。狐遂得肉。

义曰。人面谀己。必有以也。匪受其谀。实受其愚。

此后大约经过了两个世纪，到了清道光年间才有了第一本根据英译本翻译的英汉对照伊索寓言出版于广州，那便是《意拾喻言》(1840)。它的英文标题很长，戈宝权先生将其译成中文是：

意拾喻言

由博学的蒙昧先生用中文撰写，再经他的门生懒惰生编成现在的形式(附有意译的和逐字直译的译文)。

此蒙昧先生可能是当年在广州经营对外贸易的地区教洋人学中文的一位老书生，他的门生懒惰生的真名罗伯特·汤姆，英国人。是书大十六开，厚一百四十余页，正文每页分排三栏：中栏为汉语译文，左栏为英语意译及逐字逐句直译的译文，右栏为官话(近于白话)及广州话罗马字拼音，因为他们编译这本书的目的在于便利英国人学会汉语，同时也学会广州话。

《意拾喻言》共收八十一则寓言，除伊索的以外，还收入菲德鲁斯、阿维阿鲁斯等人的寓言。它们想必是罗伯特先据英文笔译或口译，经他的汉语老师蒙昧先生再整理而成，因此留有很多中国典故、地名等痕迹，如时间改成“盘古初”、“大禹时”，地点改成“峨嵋山”、“罗浮山”、“摩星岭”等等；案语中也引用了不少中国的谚语、套话，如“俗云”“论语云”等。现举《豺烹羊》为例，以见一斑：

盘古初，鸟兽皆能言，一日豺与羊，同涧饮水，豺欲烹其羊，自念无以措辞，乃强责之曰，汝混浊此水，使老夫不能饮，该杀。羊对曰，大王在上流，羊在下流，虽浊无碍。豺复责曰，汝去年某日，出言得罪于我，亦该杀。羊曰，大王诶矣，去年某日，羊未出世，安能得罪大王。豺则变羞为怒，责之曰，汝之父母得罪于我，亦汝之罪也，遂烹之。

谚云，欲加之罪，何患无辞，即此之谓也。

此书曾风行一时，“意拾”的隽言妙句，或刺当道，或讥胥吏，街衢之上，闾里之间，人都争言。后“入之官府手内，官府因见其中所说之事，多有刺他们之恶规矩，遂公令禁止之”。

到了光绪年间上海商务印书馆承印了梅侣女史译的《海国妙喻》(1898)，译者似乎是有所为而译的，当它在《无锡白话报》上出现时卷首有言：“现在人的心都不会像起先人厚道，世界上道理，一日不如一日了，中国外国都是一样。有几个欧洲地方的念书人，要想委婉曲折的譬喻，又当劝又当教，或者也会挽回这浇薄的风气。”

现抄一则较短的《赠斧柄顿忘后患》，可见译文语言的演变了。

有一把斧头，磨得好快利。这斧头自想必要装一木柄，才能合用，就去寻了一棵大树，对树说道：“先生，赏我一小枝做柄，在先生身上所损不多，我却有了用处。他日我一定报效大德。”这树自以为枝梗极多，何必吝啬，就慨然奉赠了一枝。谁知斧头既得了柄，就把这树砍得干干净净，岂不是上了斧头的大当么？咳！有求必应的人，原是好的；但是要看看来求我的是什么人，若是小人，决不可应允的。为什么呢？怕替斧头装柄。

几年后，商务印书馆又出版了林琴南与严复之子严培南、严璩合译的《希腊名士伊索寓言》(1903)，从此“伊索”开始成为通译名。

宣统元年，陈春生用官话编辑一本《伊朔译评》(1909)，由上海协和书局出版，收寓言二百多则，为时人称为“诚家庭必备，训蒙必需，传道必读之书”。

宣统二年，济南高等师范学院教授 Mr. M. E. Tsur 编译了一本《伊氏寓言选译》(1910)，由上海华美书局排印，伦敦麦克米伦图书公司出版，这可能是近代译成中文的最后一种伊索寓言了。

下

辛亥革命后西风东渐，国人对欧美文学兴趣渐浓，其中的《伊索寓言》新译本不断出现，颇有风起云涌之势。

1915 年孙毓修根据美国版英文本用演义形式编译的《伊索寓言演义》由上海商务印书馆出版。本书收寓言一百三十三则，文字浅近，插图百幅。

同年，关应麟编译的《伊索寓言》英汉对照本，收寓言四十六则，由上海中华书局出版。

1919 年北京乐群学社发行强宝瑛《伊索寓言译意》，收寓言二百八十则。

1927 年陈嘉编译的《伊索寓言》英汉对照本，由上海群益书店出版，收寓言三百一十三则。

1929 年上海亚东图书馆出版了汪原放根据乔治·弗奈·堂生(George Fyler Townsend)英译本译出的《伊所伯寓言》，收三百一十三则。

1932 年孙立源译《伊索寓言》一百四十一则作为《世界少年文学丛刊》之一，由上海开明书店出版。

1933 年杨镇华亦据堂生版译出《伊索寓言》，由上海世界书局出版。

1935 年商务印书馆出版吕金录选译的《伊索寓言》，收寓言四十则，分上下两册，列为《民众基本丛书》。

同年，沈志坚译《伊索寓言选》收四十二则，由新中国书局出版。

1936 年林华译《伊索寓言》，由启明书局出版。

1941 年瞿世镇编译《伊索寓言全集》已出第四版，收三百一十三则，由上海三民图书公司印行。

1947 年许敬言翻译《伊索寓言选》，由商务印书馆出版，收三十则，列为《新小学文库》。

新中国成立后，伊索寓言的译介进入一个全新的时期，除根据英文译出了更为严谨忠实的新译本外，还出现了根据希腊原文与别种文字译出的译本。

1955 年，对中外文学极有造诣、又精通古希腊文的周启明译出了第一本从原文译出的《伊索寓言》三百五十八则，由人民文学出版社出版。

同年，张沛霖、杨彦合译的《伊索寓言选》八十九则，由上海少年儿童出版社出版。

1959 年根据 Thomas James 英译汪兴平译注、张造勋校订，列为《英汉对照文学读物》的《伊索寓言》一百零一则，由商务印书馆出版。

1975 年张石秋译注的《伊索寓言选》分上下两册，由陕西人民出版社出版。

1981 年罗念生、王焕生、陈洪文、冯文华依据德国莱比锡出版的托伊布纳希腊罗马作家丛书《伊索寓言汇编》译成的，原书为古希腊文版，现译出三百一十九则，由人民文学出版社出版。这是我国第二个从原文译出的《伊索寓言》。

1983 年吴威玲译注《伊索寓言》六十八则，由上海教育出版社出版。

1985 年 Ruth Spriggs 选编，吕志士译注，张造勋、林易校订的《伊索寓言》一百一十二则，列为《简易英汉对照读物》，由外语教学与研究出版社出版。

1988 年蒋光宜译出英人汤森特编的《伊索智慧 300 篇》，由沈阳出版社出版。

1989 年瞿光辉译的英汉对照《伊索寓言》，由大光出版有限公司在香港出版。在香港印行的还有凡夫译二百二十九则英汉对照《伊索寓言》(原书无版权页)。

1991 年方平根据 V. Jones 等三种英译本编译《伊索寓言》，由上海译文出版社出版，收一百四十六则。

同年湖南少年儿童出版社出版，王林编译的《伊索寓言》二百四十七则，系据美国 A. S. 巴姆斯图书公司 1988 年版译出。

1997 年黄杲炘译出《伊索寓言》三百一十三则，由北岳文艺出版社出版。

1999 年白山译出《伊索寓言》二百七十则，由北京燕山出版社出版。

2000 年肖园译英汉对照《伊索寓言》，由吉林文史出版社出版，收寓言八十九则，为《小小口袋丛书》之一种，256 开本，为笔者所见开本最小的译本。

2001 年杨柳译出四百三十七则《伊索寓言》，由中国妇女出版社出版。

同年李汝仪译《伊索寓言全集》三百五十七则，由译林出版社出版。

也在本年，贾瑜凯译《伊索寓言》三百九十则，由中国少年儿童出版社出版。

2004 年王仁芳、王惠庆、樊兆鸣、单雪根据徐家汇藏书楼所藏 1894 年初版本，由澳大利亚民俗学家约瑟夫·雅各布斯编的版本译出的《伊索寓言》一百零五则，由上海科学技术文献出版社出版。本年，张莉莉译出《伊索寓言》一百五十八则，有亚荷马伊克精美的希腊风味的插图多幅，由汕头大学出版社出版，列为“2000 年来最珍贵的智慧宝库”。

1980 年卢剑波还根据匈牙利 K·卡洛齐 1956 年出版于丹麦哥本哈根的世界语诗体译本译出了《伊索的智慧》六十八首（四川人民出版社出版），为翻译伊索的花苑增添了别样的色彩与芬芳。

这么一本寓言集在中国竟有这么多译本（改写本未计），大概是因为英译本就有百种以上，翻译语言又总是在发展变化的，另外也说明国人对这种包含人生智慧与哲理的小故事的由衷喜爱吧。

2005.1.24，于水仙花的芬芳中

诗经今译《卷耳集》

我第一次读到《卷耳集》,是四十年前在府前街古旧书店里。书很破旧,但我津津有味地站着读完它。它是郭沫若1923年将《诗经》中的“国风”今译成白话诗,由上海泰东图书局出版的一本小书,列为《创造社辛夷小丛书》第二种,共收诗四十首,后附原诗及译者注解,卷首有序,后有《自跋》。

在此前我只读过为数不多的几篇“国风”,我不但看不出它有什么名堂,反而觉得它老气横秋,缺乏诗意。因为一些解经家要么将它冠以“美王公后妃之德”,要么指斥它为“淫奔之诗”,结果整部《诗经》被搅得乌烟瘴气;再加上文字古奥、单调,像压着一层又一层泥石的僵尸,虽然我也会念着“秩秩斯干,幽幽南山”,自己是并不怎么喜欢的。

现在读了《卷耳集》却兴趣盎然,冢中枯干的一堆堆僵尸忽然突然变成一群充满青春活力的少男少女,载歌载舞,这是中了谁的魔法?是谁有这起死回生的本领?这是青年诗人郭沫若,他敢于离经叛道,大胆创新,他敢于在古诗中直接感受它的真美,而不屑于与迂腐的古儒作无聊的讼辩。他在序文中说:“我对于各诗的解释是很大胆的。所有一切古代的传统的解释,除略供参考之外,我是纯依我一人的直观,直接在各诗中去追求他的生命。我不要摆渡的船,我仅凭我的力所能及,在这诗海中游泳;我在此戏逐波澜,我自己感受着无限的愉快。”这与西方流行的“新批评”派的观点十分接近,“新批评”派认为,要理解一篇文学作品,不依仗任何背景知识,阅读作品本身是唯一有效的途径。

郭沫若在众人鄙薄白话诗的时候，他却将视为“经书”的《诗经》译成了白话诗，真是对着干，干得有趣。他翻译的时候不是译得像注疏，仅仅说明内容，而是再现了原诗的意境与情调，大胆地注入了自己的感受。他在自己著名的诗篇《星空》中歌唱道：

我想起《绸缪》一诗来了。
……
自由优美的古之人，
便是束草刈薪的村女山童，
也知道在恒星的推移中
寻觅出无穷的诗料，
啊，那是多么可爱哟！

几十年前，当我捧着那本袖珍诗集《卷耳集》读着时，我不禁也模仿起“郭沫若体”来了：

我想起诗人郭沫若来了。
他叫沉埋了几千年的村女山童，
那些自由优美的古之人
在山下湖畔翩翩起舞，
重新唱出了清新甜美的歌谣，
啊，那是多么值得感谢哟！

写新诗的三兄弟

新诗崛起于上世纪最初二十年前后的新文化运动中。在民主与科学的世界新思潮的冲击下，为了适应自由地表达争取独立解放的思想感情的要求，文学发生了革命，而新诗就是这场文学革命的开路先锋。新诗首先受到青少年的欢迎，因为它打破了传统的旧诗的桎梏，采用日常口语，字数、行数不受限制，并有无限广阔的自由创造的空间。简言之，新诗是“反艰深、反格律，着重直说，不喜隐语，便于抒情”(金克木语)。

上世纪三十年代，温州就有刘家三兄弟都爱写新诗，而且都有点名气，虽然他们后来的专业是心理学，或农林生物科学的。

长兄刘廷芳，1920 年在美国哥伦比亚大学取得教育与心理学博士学位，1921 年所作新诗《别离》、《未完的信》等四首先后刊于当年著名刊物《语丝》上。1930 年 11 月，他的诗集《山雨》由北新书局发行，收作者自 1921 年 7 月 30 日至 1928 年秋第二次海外归来日所作新诗三十六题，其中一句“奋斗的生涯，永不信‘浮生若梦’”，可见其精神。1934 年 12 月生活书店出版他与王统照、臧克家等人合著的《她的生命》，收有他的诗《秋林》、《去世》、《五周年》。

二弟廷藩，金陵大学出身，曾任清华教授，赵元任秘书，少年时也习新诗，写有《盘门路上》、《回忆的惆怅》。《回忆的惆怅》其中一首是这样的：

趁着夕阳

大家都跳着足，
跑到海边，
拾几多蚌壳，
美丽！当心那伤足的小沙石，
我的已经满篮，
分一半给你。

表现少年人的友爱和天真无邪的生活。

这些诗 1922 年发表在茅盾主编的《小说月报》上。

三弟刘廷蔚，美国康奈尔大学毕业，曾在中央农业水产实验所、农林部供职，四十年代温州山区松毛虫猖獗，他曾回乡防治。他在青年时代也热衷于新诗创作，著有《山花》（北新书局，1930 年 7 月版）与《我的杯》（青年会全国协会，1932 年版）。

刘氏三兄弟出身于基督徒家庭，有的诗带有宗教色彩，刘廷蔚的诗集名《我的杯》就典出《旧约·诗篇》第二十三篇。他的名诗《早祷》可与梁宗岱的《晚祷》、冰心的《晚祷》前后辉映。1994 年北岳文艺出版社的《中国现代经典诗库》选录了他的诗。

《冰心散文集》

四十年前我从旧书店购得一本《冰心散文集》，这是1943年问世的总称为《冰心著作集》之一，另外还有的是《冰心诗集》、《冰心小说集》。上世纪八十年代《冰心文集》出版，我购得三卷，第一卷为小说，第二卷为诗，第四卷为新中国成立后所作散文，唯第三卷遍寻不得，料想此卷是建国前散文，那么我收藏的《冰心散文集》正可补此缺憾。散文一向是冰心最喜爱的文学形式。她的散文文字清丽、典雅，思想纯洁、高远，这在中国现代作家中她大概是独一无二的。《冰心散文集》中有我喜爱的《寄小读者》、《往事》，此外，我还发现它蕴藏着另一种亮光。

这一套小丛书是巴金编的，当时巴金已发表《家》、《春》、《秋》等多部小说、散文，在文坛上如日中天，光芒四射。他编了冰心的著作却丝毫没有居功自傲，反而在编后记中写道："十几年前我是冰心的作品的爱读者(我从成都搭船去渝，经过泸县，我还上岸去买了一册《繁星》，我的哥哥比我更爱她的著作，他还抄过她的一篇小说《离家的一年》)。过去我们都是孤寂的孩子。从她的作品那里我们得到了不少的温暖和安慰……现在我不能说是不是那些著作也曾给我加添过一点生活的勇气，可是甚至在今夜对着一盏油灯，听着窗外的淅沥的雨声，我还能想起我们弟兄从书中抬起头相对微笑的情景。我抑止不住我的感激的心情。"巴金总是首先看到别人的作用，记着别人的帮助，而且往往数十年如一日，对冰心就是如此。1988年7月6日，巴金写信给冰心说："您这个五四文学运动最后一位元老，一直到今天还不肯放下笔，为着国家民族的前途不停地奉献您的心血……”晚年巴金被疾病折磨着，曾经多次想搁笔了，但看到冰心还在写，还在呐喊，便不敢躺倒，不敢沉默，终于写出了标志他一生中第二个创作高峰的《随想录》。他说：“七十年了，我还在跟您前进……冰心大姐的存在，就是一种巨大的力量，她是一盏明灯，照亮我前面的道路。”其实，这时的巴金早已是我国五四新文化运动以来最有影响的大作家之一了。文人相轻，自古而然，能谦逊如此者大概不多吧。

《描在青空》

《描在青空》，昧尼著，收诗歌十五篇、散文十七篇，题记与跋各一篇，1947年未央社版。扉页有引自梁宗岱译法国梵乐希诗句：

女神，女神，水的女神啊！
我来这百静中献呈我无端的泪点。

作者在题记中慨叹过多的忧患剥尽了他的欢笑，从荒岛似的岁月里学会了从晶莹的泪光里看取悱恻的人生。但他又不甘于寂寞，有时还要在蔚蓝的明空下舒展一下梦的翅膀，这便是这本小书的来由，与这集子命名的由来。

昧尼是杨奔先生的笔名，我认识他已有二十多年了，最初是在我的一位师长庆贺"摘帽"、感念别人在他艰难屈辱的日子里给他友情而设的宴席上；以后多在作家的会议上见面。杨先生淡于名利，拙于交际，只是埋头耕耘他"自己的园地"。改革开放以来他出版了《深红的野莓》、《霜红居夜话》，编有《外国小品文精选》及其续集。他从没有赠书与我，我收藏他的处女作《描在青空》，上面题的却是"给王氏姐妹，昧尼，1947.8.宁波"，还钤有一方淡淡的印章。这王氏姐妹是谁？是他在甬江边邂逅的村姑？是他在乡村小学教书时初识的乡村女教师？其中一个是他后来的恋人在刚刚认识的时候？抑或是他在几十年后写的《苦恋》中的女子？——

岁已暮，大雪开始纷飞，我独自踯躅在异乡街头。几年的居留，已深味到世态的炎凉。但仍不无眷恋，只因还有疑团未解。

忽然，在飞雪中闪动一个红围巾的背影。我追上去，果然是读熟的面影，比去年消瘦多了，那惊讶的明眸电光似地一闪，立即被长睫毛所遮，晦暗了。

“你呀！让我找得好苦。为什么老是躲着我？”

她凄然垂头。“再见又有何用！”

“我要走了。——就这样告别？”

“几时上船？”

“明早。”我出示买好的船票。

“那么，晚上见。——就在公园小山亭上。雪夜不会有游人的。”

“这次莫再骗人！”

“不相信就不要去了？”她恢复了那调皮的笑影，也只是一现。……

等到入夜，我打开伞，踏着积雪，进入荒凉的公园，登上小山，倚在亭柱上，四望不见人影。自怨这回又成了抱柱的尾生。却听得背后嗤的一笑，我转身搂住，拂去她头上的雪花，拥坐在亭槛上。她把头俯在我的领口，不住地发抖。

“恨我吗？”我不知从何说起。

“你可看到那报上的启事，在六月？”

“哦，我正要问你，你义父说你‘行为不端，劝告无效’，声明脱离父女关系。——他不是你生父？”

“是，他原是汉口一个大纸商，玩过一个薄命女，生下我，就把她抛了。重婚后移居这儿。后娘老是折磨我，去年突然变了心思，要我嫁给她侄子，我不依，就把我赶出门，我怕连累你，所以……”

“现在你何处落脚？”

“这就别问了，反正我们不能候鸟般随处做窝。”

“我们再从长计议，你先要来信呀！”

她默然，摇头：“我去向未定，再说，还能写些什么？我知道你不像我父亲。一切都怨命。……天冷，你回去吧。”

我挪了几步，回过头，她痴立在那儿，那红围巾在飞雪中如一团火，陡然折转身，向小巷跑去了。

那把伞却留在亭中。

多年后，又是大雪纷飞的岁暮，我在故居独坐，没有上灯，那朵死火又在眼前晃动。我伸出双臂，只有空虚的寒冷。我们之间已隔着辽阔的海和漫长的岁月，她在哪儿？还哭泣吗？或者把笑靥簪在别人的襟上？也许，她已忘却我的名字。——毕竟是前尘影事了呀！（稍有删节——引者）

我爱品尝昧尼（杨奔）的散文，他的优秀之作是蜜汁？是橄榄？是婆娑世界？

《乔装打扮的土狼》

寓言是一种非常古老的文体却万古常新。我们先人的《狐假虎威》、《自相矛盾》、《守株待兔》、《刻舟求剑》，还有古希腊伊索的寓言都是我们今天的少年儿童的好教材。寓言通过确切的比喻、生动的故事，教育他们认识生活、了解社会，甚至掌握某些方面的自然规律，因而受到孩子们的欢迎。至今还有人在创作新的寓言，于是就碰到一个如何创新的问题，我们不能陈陈相因，狐狸老鼠讲来讲去讲不完。

树敬、树逊兄弟写的《乔装打扮的土狼》就作了一次很好的尝试，而且相当成功。他们把现代科学知识引进寓言中来，既普及了科学知识，又能让读者从中悟出哲理，因而 1989 年成为第二届宋庆龄儿童文学奖获奖作品。评奖委员会的评奖词是这样的：

> 这本科学寓言集取材广泛，给人以多方面的知识，有利于启迪小读者的智慧。其中不少篇章与人们的日常生活紧密联系，读来感到十分亲切，具有幽默感及美学欣赏价值。每则寓言的训戒写得自然准确，没有牵强、生硬之感。
>
> 本书还有缪印堂三十多幅插图。为寓有科学知识的寓言插图插得好不是一件容易的事，缪印堂的画不只起图解的作用，而是一幅幅别致的艺术品，以诙谐的手法帮助读者理解文章蕴涵的知识与哲理，同时得到美的享受。如《老鼠吃猫》、《能上能下的微波》、《爱看人学样的铁》、《锡的自我安慰》、《洗煤》等等就是其中的精品。

这本书收入的43篇科学寓言，是从作者300篇作品中精心挑选出来的。编辑叶小沫同志做了选编和文字润色工作，叶至善同志对选编本书给予了极大的关注，不仅审阅了全稿，还为之写了序言，希望更多的作者利用这种体裁从事科普创作，也期望越来越多的小读者喜欢这种体裁的作品。叶至善是叶圣陶先生的公子，叶小沫是叶至善的女公子，这么一本小书竟然包含着叶老之后两代人的心血也可算是文坛的一段佳话。

《小溪流的歌》

严文井是我国著名的前辈作家之一。他早在抗日战争年代就开始儿童文学的创作，写了不少童话和寓言。他的寓言数量虽然不多，却与他的童话一样，都是为孩子们精心创作的特殊的诗体，虽然它们没有诗歌的一般形式。其中的《小溪流的歌》尤为人们所称道。

就图画来说，我们知道，孩子一般不大喜欢看线条简洁的速写，爱看色彩绚烂的画幅，而寓言为了很快就触及到作者所提出的教训或讽喻，结构一般都很短小，语言也很简练；为了使孩子们读得更为有味，严文井在《小溪流的歌》这则寓言中作了可喜的尝试。它具有绰约多姿、丰富多彩的特点。比如“小溪流一边奔流，一边玩耍。他一会儿拍拍岸边五颜六色的石卵，一会儿摸摸沙地上才伸出脑袋来的小草。他一会儿让那些漂浮着的小树叶儿打个转儿，一会儿挠挠那些追赶他的小蝌蚪的痒痒。小树叶儿不害怕，轻轻转了两个圈儿，就又往前漂。小蝌蚪可有些怕痒，就赶快向岸边游；长了小腿的蝌蚪还学着青蛙妈妈慌张地蹬开了腿”。刻画得如此入微，描绘得如此具体，是一般寓言中少见的。同时，为了满足小孩子一般都喜欢找小孩子玩的心理，作者选取了小溪流作为主人公，这样，就便于对孩子进行教育。小溪流爱动、爱唱，“在他清亮的眼睛里，世界上所有的东西都像他自己一样新鲜、快活。他不断向他所遇到的东西打招呼，对他们说：‘你好，你好！’”这完全是孩子的思想，儿童的性格；而且所说的话也是孩子的口吻——简短直率，喜欢重复。你听，当别人问他到什么地方去，他笑着说：“到前面去，自然是到前面去呀！”当人们劝他停一下,他笑着说:“为什么呀?就不!不能够停留!”“为什么?才不听你的咧!就不能停留!”不仅如此,更重要的是,作者写了小溪流爱与小草儿、小蝌蚪嬉戏,写了村庄里的水磨、发电机等着他去转动,写了他兴致勃勃地推送木排,沉着地举起庞大的轮船等等,把小溪流塑造成一个奋发乐观、于人有益的儿童形象。

作者就是这样以儿童习见的、喜欢的小溪流为喻,通过他奔流不息,永远向前,即使到目的地——大海——仍然“一秒钟也不停止自己的运动”,始终保持着旺盛的生命力;而爱发牢骚,不求上进的枯树桩、枯黄的草,怨恨的泥沙,不耐烦运动的沉船不但会腐烂,而且还要归于消灭,把一个“动”的哲理——生命在于运动,前进才有出路,团结奋斗就是力量——形象地告诉了孩子。这对于培养少年儿童科学的世界观和革命的人生观无疑是很有帮助的。

为了阐明这个哲理,作家在这里调动了多种表现手法,特别是把常用于诗歌的复沓形式和常见于童话的反复法结合了起来。作者一开头就把读者引进一个充满歌声的境界中,“小溪流有一个歌,是永远唱不完的”,接着的四大段是小溪流的奔流,也是他的歌唱,一段连着一段,既是歌,又是流,起伏不断,绵绵不绝。复沓的形式读起来既可琅琅上口,富于节奏,又给人以小溪流的水上波动感;反复法既强化了所叙事的印象,又是小溪流由小变大,从大海到天空,周而复始的发展过程的客观反映。艺术手法灵活的运用和巧妙的结合,使小小的篇章所包涵的哲理从各个角度发出熠熠的光彩。

严文井在《关于寓言的寓言》中说:“寓言是一个魔袋,袋子很小,却能从里面取出很多东西来,甚至能取出比袋子大得多的东西。”从小小的袋里之所以能取出许多东西,这是由于寓言作家高度概括了生活,提取了哲理,以高超的手腕把它浓缩之后装进去的缘故,好比光源虽小,光辉远照,芝兰虽微,芬芳远扬。严文井的《小溪流的歌》也是如此,虽然写的是小小的溪流,却有着深广的哲理。作者后来(1979)将历年的童话、寓言、游记结集出版时就把这篇作为书名。

《现代创作文库》

1936年4月，上海万象书屋印行了一套《现代创作文库》，由徐沉泗、叶忘忧编选。编者在序中说明："有一个不可否认的事实：——自从'五四'以来，'新文学'的创作虽已奠定了它的基础，但它的读者至今还被限制在所谓小知识分子群里。一般遗老遗少固然不屑看它，一般店员、学徒、小市民、工人以及农民等，却也'不能'看到它。"编者想把新文学送到广大民众的脑子里去，他们认为这一半固然在文学的内容与形式上，而另一半却未始不是出版上的问题。编者试图采用一折书价使一般读者买得起书，这套文库就是采用这个办法来扩大推销市场。由于编者心中有读者，所以既负责又有眼光，每位作家的选定是以其作品对于读者的利害为标准的，如选张资平之作偏重于初期，就是初期作品比较的少有毒害；鲁迅的散文偏于近作，因为近作更接近现实，更有战斗性。又如考虑到读者鉴赏能力，选稿标准也不同于一般，如鲁迅集中不选《狂人日记》、《在酒楼上》等篇而选《阿Q正传》及《祝福》之类。又在每集之前附有作者的自序或创作经验及编者的题记以作引导。编者的苦心孤诣是显而易见的。

此套文库共有二十辑，分别是：

第一辑　鲁迅选集	第二辑　郭沫若选集
第三辑　郁达夫选集	第四辑　周作人选集
第五辑　叶绍钧选集	第六辑　徐志摩选集

第七辑 王独清选集	第八辑 张资平选集
第九辑 冰心选集	第十辑 庐隐选集
第十一辑 郑振铎选集	第十二辑 王统照选集
第十三辑 田汉选集	第十四辑 老舍选集
第十五辑 沈从文选集	第十六辑 茅盾选集
第十七辑 鲁彦选集	第十八辑 巴金选集
第十九辑 丁玲选集	第二十辑 张天翼选集

这批选目基本上是符合新文学的发展轨迹和成绩的。如果去掉周作人、徐志摩、王独清、张资平、冰心、庐隐、郑振铎、王统照、沈从文，而换以蒋光慈、许地山、柔石、殷夫、胡也频、闻一多、洪深、朱自清、艾青，那么大概与新中国建立后即1950年开明书店编辑出版的那套著名的新文学选集的选目相同了。

我的第一本藏书

我在读初中的时候就喜欢文学，尤其是新诗，因此也爱在旧书店里钻来钻去，翻翻梁宗岱的《晚祷》，李金发的《微雨》。旧书虽然很便宜，但当年穷孩子的我平时口袋里根本就没有钱，所以总是翻看几下，放回了原处。

有一次，我翻到一本旧书，翻到最后一页，作者的《后记》末尾赫然印着"一九五〇年一月于温州"，它深深地吸引了我，——我的家乡也有写作出书的人！我便掏出一毛钱，平生第一次买来一本文艺书，一本诗集：《飞扬的歌》。

回家后翻开第一页，我贪婪地读着：

我不迷茫于早晨的风，风色的清新
我的欢乐是一片深渊，一片光景
芦笛吹不出它的声音，春天开不出它的颜色……

多么美丽的诗句啊，它像无声的春雨滋润着我枯干的心田，像悦耳的音乐抚慰我悒郁的灵魂。不知道多少个清晨或黄昏，沐着灿烂的晨曦或就着昏暗的油灯，我反复诵读着我第一本收藏的诗集。

过了大约四五年，我小学时代的周冠杰老师带我去认识了这本诗集的作者，唐湜先生。那时他受到不公正的处理，刚从冰冻三尺的北中国边远的荒原回来，生计尚无着落。他微笑着听我谈论有关他的诗篇。他说那本诗集是用不多的钱自费印的，还有一部长诗《英雄的草原》，一部短诗集《骚动的城》则是上海星群出版公司出的，都是少年时代的孟浪之作。临别时，他慨然让我将后两部诗集借去阅读。与诗集同名的一首短诗《骚动的城》是反映解放前温州爆发的一次反饥饿斗争的。读了这些诗我才知道，这位在静谧的学院里营造艺术之宫的诗人也曾走向动乱的十字街头，用现代主义的手法写出抗争的诗篇。

此后，我们成了忘年之交，那时候，每隔一段时间，我总要去看看他，与他谈谈。他那时受人歧视，还得设法糊口，对生活难免心灰意懒，更不必说写诗了。对此，我总觉得十分可惜。我常在他面前吟诵他的诗句，并说，诗固然应该出现在欢乐的时候，但更多的往往是诞生在痛苦之中。愤怒出诗人，我希望他继续写出诗来。

在年轻人热情的感染下，他真的重握诗笔了。有一年冬天，他递给我一页诗笺，题为《断思》，副标题“赠 K”，诗的最后两行说：“珠贝满孕着季节的痛苦，该吐出云彩样光耀的珍珠！”这就是他此后长长短短几千首十四行诗的开端。

他每写出一部诗稿，都让我先睹为快，他所有的诗，我几乎都拜读过了，从中得到很多启发。他说，他写诗是要用自己的生命写出生命深远的意义。这有诗为证：

> 死就是压断了人类的脊椎骨，
> 却征服不了更辉煌的雄心，
> 生命深远的意义是征服，
> 拿伟大的心灵去征服死神。

有时，我也把自己涂抹的东西请他指教。我自己印的一本《象征集》中的部分诗篇就曾经过他精心的修改，得到过他的肯定。诗中，我仿佛也在寻求生命深远的意义。

多年前的一天，他来到我家，打开提包，拿出一本还散发着油墨芳香的江苏人民出版社印的《海陵王》送给我。这是他重见天日后出版的第一本书，印得比他过去任何一本书都讲究，其喜悦是不言而喻的。显然，他还要去把自己收获的欢乐带给更多的人。

从 1956 年我收藏第一本书，到该书作者亲自送我一本书，前后达四分之一个世纪。在这期间，我跟着他学习写诗，也在他的导引下读了维吉尔、弥尔顿，读了唐祈、郑敏的诗，经历了一个对美、对生命意义的追求的过程。

一枚书签

四十年前，我从古旧书店购得一本毛边《英文短诗选》（吴颂皋注，上海开明书店，1926 年版），阅读时忽然发现其中夹着一枚橙色书签。签面没有任何图案，全是文字。

文字分两部分，上部分一行是："上海通信图书馆书签"，接着中间特别注明"这 2 本书 10 月 6 日定要寄还了！"（"这 2"字与日期是随后用毛笔填上去的），下方是"看到哪里，夹到哪里"的提示语。下部分则是"本馆宗旨"，全文如下：

> 本馆由各地爱读书而不能多买书者组织（有："共进会"章程另定），收集各种有益书籍，以同类互助的精神，用通信借还的方法，使远近各地方有志读书而困于经济者，无论本会会员，非会员，都能不离任何住所，不妨业务，自由借读不出租费好的（的好）书。
>
> 本馆完全以互助和信任的态度对待借书者，不取任何物质上的保证，同时也望借书者体念本馆的苦心，实践借书约上的约言，使本馆很少的图书，得以不断地流通……
>
> 还书期限夹在里书（书里）的书签上填明，借书者必须在还期以内，赶早寄还，同时借两种的，并须看完一种，先还一种，使本馆可循环出借，使后借者不致久等，倘到期还没看完，宁可先还再借，或预先来信商准展期。

上海通信图书馆并非政府主办的公共图书馆，而是在 1921 年 5 月 1 日由诗人应修人发起组织的。应修人 1900 年出生于浙江慈溪县（现属余姚），十四岁时家人希望他学做生意，就把他送到祖父起业发家的上海，进入有亲戚做经理的福源钱庄。此时他订阅《新青年》《少年中国》和许多新文学作品。他把自己购置的图书放在一个木箱子里，上面写了“修人书箱”专供同事中爱好读书的人借阅。1920 年应修人来到中国棉业银行出纳股任职，薪水比以前高了，读书的热情也更高了，在每月的支出项目中，买书占了很大的数字。买来的书刊除了自己看以外，他还介绍给同事阅读，一起谈读书心得。在他的影响下，其他同事也喜欢读书买书了。后来书越买越多，修人就倡议把每人的书集中起来，成立一个小小的图书馆，以便互相流通阅读。图书馆的馆徽绿地白花，中间一个白日，四周五个新月，绿色表示成长，图案表示 5 月 1 日。图书馆的成员都是钱业界的职业青年。成员有每人在收入中拿出一部分钱的义务，以作为购买新书的费用。开头只有加入的人有借书的权利，以后决定对外开放，不论什么人都可以来借。而且后来借书的范围扩大到外埠，用通信的方式借阅。这个组织对外称为“上海通信图书馆共进会”，凡加入共进会的，每月须缴纳会费，会费的大部分作为购买新书之用。会员没有特殊权利，完全和普通读者一样。这样一来向图书馆借书的遍及全国，甚至海外华侨。外地借书的人只要把邮寄费寄来就可以借到书。为了指导读者读书，“上通图”还出版了《上海通信图书馆月报》，刊登每月新书目、书报介绍、各地通信等。

在此前后，应修人与在浙江第一师范读书的潘谟华、冯雪峰、汪静之通信，交换诗稿。1922 年春天，他们还歌笑在西湖，后来把在桃花树下写的诗、雷峰塔旁唱的歌编成一个诗集《湖畔》出版，第二年又出版《春的歌集》。朱自清当年读了这些诗篇，认为“仿佛幽郁的人看到活泼的小孩而得着无上的喜悦一般”。

在五卅惨案发生期间，应修人参加了共产主义青年团，“上通图”

也成立了团支部，应修人是该团支部第一任书记。后来“上通图”的几名骨干在商务印书馆参加了中国共产党，“上通图”便成为党团联系群众的桥梁，不少青年通过“上通图”的关系走上革命道路。

由于应修人长期从事银行工作，党组织便指派他专管党内财务。1933 年 5 月 14 日下午，应修人去与女作家丁玲联系工作，不料丁玲已被特务绑架，应修人在同预伏在屋内的特务徒手搏斗中坠楼而亡，牺牲时年仅三十三岁。

现在面对着这枚小小的八十多年前的不同一般的书签，我们不能不为先烈为推进先进文化传播洒下血汗而肃然起敬！

漫谈藏书票

过去,中国的读书人得到一本新书,常在书上签名或盖上私章;西方人则喜欢在书上画“印记”或贴上藏书票,目的都是标明书籍的归属。

藏书票是一张一二寸长,一寸左右宽的小纸片,上面一般印有通用的标识,一行拉丁文:EX LIBRIS,意谓某人所藏书之一。票面除图案外,大都有藏书者的名字,也有刻上票主爱书的箴言、诗句等,贴在书面的里页。

据史料,现存世界上最早的藏书票有两枚,一枚是《刺猬》,一枚是《天使》,均是十五世纪德国的作品。德国是世界上最早发明和使用藏书票的国家,已有五百多年的历史。

对我国来说,藏书票是舶来品,它在十九世纪下半叶跟着来华的外国传教士、商人、学者和政客随身携带的西文书籍而流入我国。我国最早的藏书票也是为外国人而制作的,现在能看到的两枚,一枚制作年代在1922年之前,票主是广州天主教会,票面仅有普通邮票大小,主要图案是JHS,系拉丁文“耶稣,人类的救主”(Jes Huminum Salvator)的缩写;另一枚制作年代在1922年之后,票主系当时在华的美国汉学家H. F. Ma Cnair,画面是麦氏任职的圣约翰大学代表性建筑——钟楼,并有名言,宋太宗的“开卷有益”,下钤篆字印章,底下是一长排的票主英文名字。

中国人最早亲自制作、使用、收藏藏书票的当推现代作家叶灵凤。他制作的《凤凰》藏书票实系精心之作：上为三分之二票面的飞凤图案，下为三分之一票面的文字，醒目地印"灵凤藏书"，四周花卉图案环抱，把自己的名字"凤"的形象组织在藏书票的图案中，古朴、典雅，独具匠心。其后，版画家李桦、赖少其、梁栋以及杨春华女士也制作了多种精美的藏书票；作家孙大雨、施蛰存、赵萝蕤等都有各自的藏书票。作家赵瑞蕻教授也与藏书票结下不解之缘，他或请人或亲自制作，乐此不疲。例如他制作的藏书票上刻有一棵年轻的苹果树独立于原野之上，呼吸着清新的空气；麦田旁蜷伏着一头小鹿，表达了票主对大自然的喜爱。另一帧是一头象征智慧的猫头鹰月夜栖息在枯树上不惊不惧，充满自信，其刀法粗犷，内容诙谐，而票面两侧的英、德文，一为安诺德的《甜蜜与光明》，一为歌德的《诗与真》的篇名，抒发了票主长年的向往之情。他还写有《我的藏书票》：

哦，我的 Ex Libris！
画面上是我的头发似流云，
海鸥恬静地飞翔，舒展双翼；
右下角是瓯江口，帆船，诗人在海滨
对着波涛放歌，伸出双臂。
顶上是德文"诗与真"，左边英文
"甜蜜与光明"，右边法文"红与黑"；
这是我的追求，我的欣慰。

据我所知，他是第一个为藏书票写诗的诗人。

有的藏书票设计者在票面上钤上私章，源出西方的藏书票上钤有中式的印章，可谓中西合璧。七十多年前，商务印书馆出版的"文学研究会丛书"的版权票就在刻有西洋的两位司文艺女神的图像之间特地留正方形空格，好让读者钤印，兼作藏书票，以便利不会制作的读者。商务印书馆和文学研究会当年为了吸引读者读好书、爱好书，真可谓用心良苦矣。

藏书票，这些点缀在书上的珍珠，如果我也有一枚那该多好。我曾想请人制作，一打听，工价不菲，囊中羞涩，也就打消了这个念头。后来从赵瑞蕻先生赠我的藏书票得到启发，可否利用现代印刷工具自己制作？制作这种简易藏书票我认为最关键的是图案的选择，它必须线条简洁、内容新颖，尤其是与众不同，有自己的特色。人上了年纪往往会回想过去，或去抚摸旧日的陈迹，几年前我曾向自己小学时代的同窗好友余建旺先生打听他是否还保存有小时候我们在教会小学主日学上分到的小图片，他回去一搜寻，居然还保存着三张，便慨然赠送给我。这些历经六十余年沧桑的小纸片已经发黄变脆，其中一张背面印有“第十六课　路得的故事”，还有“金句”：“所以无论何事，你们愿意人怎样待你们，你们也要怎样待人。”这是《马太福音》第七章十二节耶稣的教导。我非常欣赏这张图画，它又正好适合我制作藏书票，它画的是路得（Ruth）站在麦田中凝神谛听。我马上想起英国诗人济慈的《夜莺歌》（Ode to a Nightingale），其中有三行非常美丽的诗句正是描写这一情景的：

Perhaps the self-same song that found a path,
Through the sad heart of Ruth, when, sick for home,
She stood in tears amid the alien corn;

这三行曾经朱维之先生译出同样美丽的汉语：

当路得含泪站在异国的麦田中，
苦思家乡的时候，从她愁苦的心中
掠过的恐怕就是这同一的歌曲罢。

“路得的故事”典出《圣经·旧约》“路得记”（*The Book of Ruth*），路得是大卫王的祖先，丈夫死后，离开自己的家乡，随婆母过活，曾在波阿斯的田里拾取麦穗，后来听从婆母的劝告嫁给了波阿斯。

真是可悲，当我写这篇文章的时候，曾经给予我关爱与指导的朱维之先生、赵瑞蕻先生却早已离开人世了。

丽尼，美丽的名字

那时候，我们底骆驼号叫着，你怀着热情奔来就我，啊，你还记得么？我从我父亲底匣子里偷出了香料和珍珠，曾以之持赠你呀！

你那时是表现了娇羞与惊异，从你底脸上浮起了如婴儿般的红霞。

你说，“我父亲讨厌你父亲哟，并且他会讨厌一个队商底儿子呢。”

啊，你还记得么？我牵了你的手，你不曾拒绝。啊，拉丽山达，那时我们就相爱了呀。

这是丽尼写的散文集《黄昏之献》（文化生活出版社 1935 年版）中的一篇《拉丽山达》所倾诉的，我年轻的时候很喜欢它，每每在静静的夜里就着昏暗的油灯独自吟哦着这篇缠绵悱恻、一往情深的美文，其时窗外往往飘过失群的夜鸟飞过时孤单凄切的叫声。

啊，你还记得么？许多的泪珠是湿透了你底琵琶，啊，拉丽山达，你是有一个思念了呀。

丽尼，我初以为是一位女性作者，其实不是。他原名郭安仁，丽尼是他幼小时候一个女友的名字，这个外国女孩夭折了，为了纪念才将她的名字作为自己终生的笔名。

他年轻时曾有过一段凄婉的恋史，巴金据此写成了一部幽怨哀凄的中篇小说《春天里的秋天》。

> 我说，“在天明以前我们会离开了呀，我父亲是想着地中海岸的城市，不想再回到这草原与沙漠了，他会带着我同行呀，拉丽山达。”
>
> 你说，“不要回去吧，西尔斯达，我没有哥哥，没有人能够阻止我呀，啊，西尔斯达呀！”

丽尼为了谋生，先在一所邮局工作，由于出众的英语水平与勤恳的工作作风为国民政府军事首脑机关所聘用，担任机密英文翻译。但是他受苏俄文学影响，思想进步，同情劳苦大众，盼望早日解放，他冒着生命危险，设法弄到一份蒋军整个作战计划给中共中央军委，这情况只有接头的同志知晓。直到他死后十多年才有人披露了这段往事。解放后他在北京中央电影艺术编译社任副主任，肃反运动中他被定为“反动党团骨干”。晚年他被没收住房，赶出京城，调到暨南大学教书。“文革”时红卫兵小将又抓住他的所谓历史问题，强迫他冒着酷暑劳动，最后晕死在水田里。

> 风在原上吹着，今夜是这样寒冷呀，啊，我的拉丽山达，你有了抖擞了，你是畏怯着了呀。

丽尼的散文以其情深意真，一些篇章富于韵律而独树一帜。他对人生的深刻感悟与诗意的笔调在他的译作中大放异彩。他翻译的屠格涅夫的小说《前夜》、《贵族之家》成为中国翻译作品中的精品，至今熠熠生辉。由于他的神来之笔，《贵族之家》里的那种对一去不复返的青春的留恋，对失去了纯真爱情的怅惘，那种笼罩在《贵族之家》中的挽歌的调子至今还萦绕在许多读者的心头，久久难以忘怀。

啊,我底拉丽山达,风是吹着了,在这原上,今后,你不再知道我心底悲伤了。……

林林的《印度诗稿》

在我国新诗史上只有一个诗人林林写过一本专门以印度为题材的诗集《印度诗稿》(作家出版社,1958 年)。

印度是我国南边最大的邻国,中印人民有着二千年以上的交往历史。到了上世纪五十年代,中印两国倡议和平共处五项原则,周恩来总理在广播演说中高呼“兴地秦尼巴伊巴伊(印度中国是兄弟)”,才把中印友谊推向一个新的高潮,中印人民沉醉在友谊的热潮之中,在这热潮之中我读到了反映印度人民生活和斗争,颂扬中印传统友谊的诗集《印度诗稿》。

作者林林 1955 年出任我驻印度大使馆文化参赞,亲身了解、体验了印度人民的精神面貌,以及对我国人民的友好感情。他在《序诗》中歌唱道:

那儿友谊洋溢,
那儿热爱和平,
许多美好事物,
我怎能不一往情深!

诗人在《爱楼拉》中赞叹印度人民的勤劳与毅力:

真像中国传说,

盘古辟地开天。
你们一手凿子一手锤子，
一敲一击，累月经年，
居然把座大山
凿成雄伟的宫殿，……

在赞叹印度人民创造了世界建筑奇迹泰姬陵的同时，他马上想到：

墙上宝石像血珠，
凝结着人民的仇怨。

诗人对印度人民怀着深深的敬意，在《火像玫瑰盛开——烈女颂》中，他刻画了一个印度妇女刚烈的爱国情怀：面对一个败阵下来的丈夫，她关紧了城门——

我的丈夫，
背，不会向给敌人；
我的丈夫，
脚，不会用来逃亡；
我的丈夫，
血，要流在战场上。

最后，敌人赶上来，夫人投身在火堆里，"火像玫瑰盛开"！

这样的女性不只一个两个，在《章西女皇赞歌》中，我们见到一个骑着战马挥舞大刀领导同胞与用现代化武器武装起来的英国殖民统治者浴血奋战的女英雄，她屡战屡赢，不屈不挠，最后牺牲时年仅二十二岁！我们不能不赞叹她是"伟大民族的女儿"。

一个伟大民族一定有伟大的灵魂，亡了国的印度之所以再度跻身伟大民族之林是由于她产生了章西女皇、泰戈尔、甘地、尼赫鲁……圣雄甘地热爱自己的同胞“要从每一只眼睛，擦掉每一颗眼泪”，他“拐杖一根，秃着头，赤着脚，在苦难的道路上前进”。他手无寸铁，却把“猛虎”(甘地在著作中对英国殖民地的称呼)战胜(《甘地故居》)。在他的感召下，千百万的印度人民终于在1947年8月15日托起了一个崭新的“月亮”(梵文，印度意即月亮)。

林林的诗感情真挚，色彩淡雅，语言浅近，可谓一目了然。诗可以写得朦胧如李金发的“留点神秘之顾盼，与恶魔之作揖，同扰乱夜潮激荡之音”。(《月夜》)也可以明白如李白的“床前明月光”(《静夜思》)；我们不能自己喜欢白酒而对泉水不屑一顾，有人爱看如堕五里雾中的篇章，也有人爱读一目了然的诗篇。诗人艾青曾言：“一目了然也是一种美。”我认为林林在《印度诗稿》中所表现的就是这样一种诗歌的风格。

《现代中国戏剧选》

《现代中国戏剧选》为罗芳洲编，系“文学基本丛书”之九。张泽贤在所著《民国书影过眼录》(上海远东出版社，2004 年版)，还录有《现代中国小品散文选》，系本丛书之七，唐坚吾发行，上海亚细亚书局 1933 年 12 月 10 日初版。我所收藏之《现代中国戏剧选》则是 1936 年 3 月 10 日五版，中国文化服务社发行。

本书精选熊佛西《一片爱国心》、欧阳予倩《回家以后》、丁西林《一只马蜂》、郭沫若《聂嫈》、顾一樵《荆轲》、洪深《五奎桥》、郑伯奇《抗争》、田汉《战友》，附录二，一为毛文麟之《演剧改革的几个基本问题》，一为熊佛西之《戏剧的结构——怎样写剧》。书前有编者写于 1933 年 8 月 10 日的序，介绍中国话剧发展的三个阶段：从社会问题剧、艺术的戏剧，到“反抗帝国主义”、“反抗压迫阶级”及“大众意识”的戏剧，还重点评述了田汉、熊佛西、洪深、丁西林等人在戏剧运动方面的成绩。中国现代剧开头十余年来戏剧的收获，编者只用了三四页的篇幅就说清楚了，真有画龙点睛、提纲挈领之效。

这些精选出来的珍贵之作，可作剧本读，亦可作一般文艺作品读，附录提示关于演剧及作剧的重要意见对初涉戏剧的人一定会有裨益，确是当时名副其实的文学基本读物。

“半朵花”与《稻草人》

几年前我写了一篇小文章《半朵花》寄给上海《小朋友》杂志。不久编者来信说:“你的散文《小花朵》已决定明年第四期发。现在碰到个问题:‘半朵花’究竟是什么花?是不是就是半枝莲,因为插图是一定要画上具体的花的,不能有丝毫含糊,所以,请你接信后速来信讲明,最好请人画几枝半朵花,以供画家插图。”

这倒使我为难了,因为我这篇小文章是读一个有关草药的民间故事得到灵感而创作的,原来的草药名也忘记了。为了不使编者失望,我特地到图书馆查找那篇民间故事,竟然再也翻不到了;查阅一些地方中草药书,有“半向花”,但又不是如“半朵花”那样止血治外伤的,颇以为苦。

于是我只得如此回复编者了,我说:“我觉得拙作是文学作品,并非科普文章,似可不必那么坐实,这样倒可以此来唤起小读者的求知欲,去探索植物世界的奥秘。记得自己小时候在语文课本中读到《一粒种子》,作者说不论是玫瑰花、牡丹花、菊花都比不上它,并且有浓厚的香气,不论是芝兰、桂花、玉簪都比不上它。它究竟是一种什么花?老师也没有说清楚,可我一直想知道它,甚至为此先后请教过几位老园丁,他们也说不出。后来见识多了,我才知道世界上并不存在这样一种花,但我在探知的过程中却认识了不少花,增长了许多知识,可见这样还是有点好处的。”

因为我一直在探索那开出世界上最美丽最芬芳的花,也一直记得这篇课文《一粒种子》，想知道它是谁写的。很久以后才在童话集《稻草人》中发现了它，它是叶绍钧（即叶圣陶）创作的童话集，1923年由开明书店出版。鲁迅在为苏联班台莱耶夫的《表》写的《译者的话》中说："十来年前，叶绍钧先生的《稻草人》是给中国的童话开了一条自己创作的路的。"流露出莫大的欣喜。

我收藏的旧版《稻草人》及叶圣陶另一本童话集《古代英雄的石像》（开明书店 1932 年 11 月再版）都是金江先生赠送的。晴窗展玩，感激之情油然而生。

《二十夜问》书缘

五四前后的中国作家、学者大都喜爱研究欧美、日本文学，如郭沫若之于德国文学、梁宗岱之于法国文学、瞿秋白之于俄国文学、周氏兄弟之于日本文学，唯独与我国毗邻的印度文学却少有人问津。这或许是印度当时已沦于英国殖民地，可说连国家都已死亡了，不像欧美日本蒸蒸日上，国力强盛，令人神往。不过在此情势下，却有一个作家对此心向往之，那便是小说家许地山。

许地山从燕京大学获文学学士学位后即入燕大神学院研究宗教，后又入美国纽约哥伦比亚大学研究院哲学系，研究宗教及宗教比较学，得文学硕士后转入英国牛津大学研究院研究宗教史、印度哲学、梵文及民俗学。在牛津得文学学士学位后于 1926 年 10 月回国时，顺道到印度罗奈城印度大学研究梵文及佛学，后撰《梵剧体例及其在汉剧上的点点滴滴》。1934 年又去印度大学研究印度宗教及梵文。此时他写出了中国第一部比较全面论述印度文学的论著《印度文学》，翻译了《孟加拉民间故事》，两书均由商务印书馆出版。此后他还译有两本印度神话故事集《太阳底下降》、《二十夜问》，这两本书的出版却在他去世之后。当时印度与我国先后独立、解放，中印关系也进入了一个全新的阶段，相似的命运，使两国人民结下了共同反帝反殖斗争的友谊，印度的古今文学名著也纷纷出现在中国读者面前，《二十夜问》及《太阳底下降》于 1955 年与 1956 年由作家出版社出版。

说来凑巧,“文革”期间一位老前辈送我两本已经没有封面的英文书,希望我业余能将其译出,从大概的内容我想起了曾经读过的《二十夜问》,我想找它来参考,可此时这些文学著作都被指斥为“封、资、修”毒草,被列为禁书。无奈之下,我向市图余笑中女士要求借阅,感谢她不顾“四人帮”的淫威,毅然给我借出。一查对,果然同属一个系列,均为英国印度学家 F·W·Bain 翻译的印度神话故事集。许地山在《二十夜问》小引中提到“这书英译本名 *A Digit of the Moon* (*The Indian stories of F·W·Bain*. Vol. 1),不容易得。梵本未见。故本译是依英译本重译底”。

还凑巧的是,三四年前我在花鸟市场旧书摊边浏览,无意间竟一眼发现了许地山译的《二十夜问》。此书绝版久矣,在人间漂泊半个世纪,我竟然只花两块钱就得到。古代拉丁诗人莫鲁斯(Maurus)曾言“书有命运”(Habent sua fata libelli),诚哉斯言。

书　人

纪念罗大冈先生

罗大冈先生去世(1998)快一年了，曾经受过他精神食粮哺育的我们不能不深切地怀念他。他是我国著名的法国文学研究家、翻译家。罗大冈先生1909年出生于浙江绍兴，早年留学法国、侨居瑞士共十五年，又毕生沉浸在法兰西文学艺术之中，但他不曾崇洋媚外，始终清醒认识到自己研究的目的。五十年前他刚上大学讲坛对青年学生讲的第一句话是:“我们学习外国文学，研究外国文学，千万不能忘记自己是中国人!”到了耄耋之年，他对有志于外国文学研究的青年人说的第一句话仍然是这句话。他告诫我们搞外国文学，为的是我们中华民族自己的文艺复兴，为的是振兴中华，为的是发展、丰富与更新我们自己的精神文明建设。因此，他以忠实而优美的文笔翻译了孟德斯鸠的《波斯人信札》，罗曼·罗兰的长篇小说《母与子》，阿拉贡、艾吕雅、希克梅特的诗，拉法格的文论，经过深入细致的研究之后撰写了《论罗曼·罗兰》等专著与论文，批判继承了外国优秀的文学遗产。

罗大冈先生始终强调文学工作者文品与人品的统一。他在《试论雨果》中指出:“不问一个作家或诗人的精神境界如何，道德品质如何，单纯地讨论他的文章或诗歌的艺术水平，这样的评论方式，我总觉得是不可取的。”距今半个世纪前，他在国外出版法文写的介绍屈原、杜甫、陶渊明等七位中国古代诗人的一本论文集，其书名就叫做《先是人，然后才是诗人》。到了晚年，他评论一个作家和作品仍坚持以“人”的标准为先决条件，他确信一个精神状况低下，性格卑鄙自私，灵魂糜烂的人，绝对不可能成为有价值的文学家或艺术家。

一个人的思想的成长既来自生活又有赖于继承，罗大冈推崇屈原、杜甫、雨果、波特莱，而以罗曼·罗兰作自己“精神的老师”。他学习老师一生始终如一的诚恳、真诚；他学习老师胸怀世界、以广大人民群众的思想感情为自己的思想感情。他曾经说：“我在自己的漫长生命道路上，养成了一种习惯：经常在我周围的人之中，观察和寻求值得我钦佩、赞慕和学习的崇高人格、纯洁的灵魂。”这样的追求和修养最有利于优秀散文作家的成长。八十年代以后，他出版的《淡淡的一笔》、《罗大冈散文选集》饮誉文坛。他缅怀慈爱的祖母、忍辱负重的母亲，他赞美崇高的老石匠，怀念素昧平生的小娃娃，他钦佩竹林里的“大盗”，尊敬同时代的学者，他总是亲近“野草”，接近崇高的灵魂。

罗大冈先生生活十分俭朴，我们在繁华的王府井大街上见到他，只见他身穿褪了色的黑色灯芯绒便服，青蓝色布裤，旧低帮胶鞋，一般人怎么也不会想到他是中国社会科学院研究员、北京大学西语系教授、博士生导师、诗人、散文作家、荣获法兰西学院荣誉奖章和巴黎第三大学荣誉博士称号的罗大冈。他自甘澹泊，不慕荣利，真诚朴实，埋头工作，他的确从平凡人的身上学到了不平凡的品格。

我很欣幸自己收藏了他的散文集《淡淡的一笔》1987 年初版本和《罗大冈散文选集》1996 年初版本以及他唯一的诗集《无弦琴》1987 年初版本。至于他唯一一本在法国出版的法文诗集《破盆中的玫瑰》(ROSE SET VASE NOCTURNE)则是先生去世后，其夫人齐香教授题赠的，弥足珍贵。

罗大冈先生是二十世纪中国最杰出的外国文学研究家之一，他从事中外文学活动差不多整整一个二十世纪。经过漫长的研究与思考，他留给人们什么？他在《罗大冈学术论著自选集》导言中明确写道：“人只要不过分地，贪得无厌地满足他的物欲，就可以获得幸福、获得自由、认识真理。如果物欲的重压不从人的心灵上消除或减轻，人将永远得不到自由，得不到真理。这样下去，人类就不可避免地要互相残杀、互相吞噬，甚至于彻底毁灭、同归于尽。”这可以说是他留给世人的最宝贵的遗言，是我们今天纪念罗大冈先生时所不能不想到，今后不能不随时警醒的。

心崇泰翁存真情

——记魏风江先生

我从年轻的时候起就非常喜爱泰戈尔的诗，敬仰他的为人，可他离开这个世界已经半个多世纪，在印度别说他的同事故旧，就是亲聆他的教诲的学生，健在的也已是凤毛麟角了。

八九前一篇深情的悼念文章，无意间告诉了我魏风江教授是印度已故总理英迪拉·甘地的同学，都曾师事诗哲泰戈尔。我打听到他的详细住址，给他写了信。恰巧他风尘仆仆，刚从印度回来，随回信，给我寄来出版不久的精装本《我的老师泰戈尔》，还有一本打字稿《印度重访记》。我一口气读完这两本著作，深感这位素昧平生的著者是天然的诗人，我很想去见见他。

一

1988年夏天，我带着十多岁的小儿子一起去看望他。

他住在一幢公寓的二层楼上，我站在他家的门口唤了一声："魏老师!"一位皮肤黧黑、精神矍烁，但步履蹒跚的老人就出来迎接我们了。

待我们坐定，魏先生说："我还没有认识你之前就认识'瞿光辉'。"原来几年前，浙江省委派了一位也叫瞿光辉的人为魏先生落实政策，解决他的住房，这位同志工作尽心尽力，使魏先生非常感动。后来魏先生作为省政协委员到温州访问，在《温州日报》上读到一篇散文，作者署名瞿光辉。回杭后他见到瞿光辉就把那篇文章赞美了一番。谁知这位瞿光辉细心听完后微笑着说，作者不是我。魏先生说："从此，我记住了另外一个瞿光辉，今天见到了，中国人说这是'巧'，印度人说这是'缘'。"魏老的一番话使我们一见如故。

趁他暂时到内室去的间隙，我详细巡视了他的书房，墙上除了学生赠送的横幅镜框"乐育人才"之外，全是魏老的老师泰戈尔与圣雄甘地及其他印度师友的照片。

魏先生从内室拿出几册《南亚研究》赠送给我，上面有他前不久写的几篇文章。捧着这些书刊，我掂量着魏老为增进中印人民相互了解、促进中印人民团结的拳拳之忱。因为我知道魏先生自从1939年辞别泰戈尔回国，一直为传播中印人民的友谊而吃尽苦头。三十多年前，他在英语课上为让学生听到地道的英语，曾用自己珍藏的泰戈尔、甘地的讲话唱片播放给学生听，被打成"反革命"而锒铛入狱，一关就是七年！关押后长期失去工作，衣食无着，妻离子散，抄家批斗，以致无处栖身，直到"四人帮"垮台，党中央给他落实了政策，让他住进明亮宽敞的楼房，胡耀邦总书记亲自指示"使他在中印文化交流方面做出更多的贡献"。魏老不忘党的嘱托，自愿腾出一个大房间，依靠自己的力量，设立"印度诗人泰戈尔纪念室"，室内陈列着诗人泰戈尔、圣雄甘地的手稿、照片、著作，展示中印两国人民之间交往的照片、实物。现在我就成为这所纪念室最早的参观者之一了。

二

在促进中印文化交流和两国人民友好团结的事业中，魏风江先生从未松懈过。他始终认为"私人之间感情深，民族之间友谊增"。

1984年10月底，印度前总理、杰出的政治家英迪拉·甘地遇刺身亡，魏先生得知后非常悲痛，以老同学的身份在《人民日报》上发表了一篇情深意真的悼念文章，人们才从尘封中扶出这位三十年代冲破重重困难，只身赴印留学，以恢复中印文化交流为职志的老人。魏老后来还致函北京印度驻华大使馆及印度新总理拉吉夫·甘地，悼念他母亲的早逝。印度总理和驻华大使都立即复函致谢。

1987年10月,拉吉夫·甘地得知魏老又将出席中国南亚研究所举办的学术会议,又给他来信说:

"我很高兴地知道南亚研究所将于下月举行'现代印度'学术会议,我祝愿会议成功……

中国青年和印度青年须牢记两国拥有世界上最早的文明,有成果的相互交往,已经历许多世纪。我们之间的友谊,对世界和平具有极重要的意义。"

在这之前,印度驻中国大使K. P. S.梅农代表印度政府邀请魏风江先生访问印度。

4月11日,魏老回到五十年前学习、生活过的地方。他在新德里机场一下飞机就跪吻印度土地。他在新德里知名人士为他洗尘的宴会上致词说:"我自1939年返回故国以后,经常怀念印度的师友,也经常梦见印度各地的风光景色。心想如能重访印度,定将跪吻印土。"魏老情不自禁地回忆起五十年前离别时的情景,那时他从玛赫子玛·甘地的华尔大真理学院回到泰戈尔的圣蒂尼克坦国际大学,这两个对他来说都是温暖的家,可无法使他安心学习,因为他日夜悬念着被日寇入侵的祖国。泰戈尔每次见到他时总劝慰说:"我坚信中国是不会被征服的,日本侵略军愈凶残,溃退的日子也就愈早,中国终会得到独立和自由。"古鲁特父(国际大学师生对泰戈尔的尊称,意为大智)的劝慰显然是要他安心学习研究,然而他却把要回国的意思告诉了泰戈尔。他依依地坐在泰翁的身边,眼泪不停地滴着,泰戈尔把右手伸过来握住他的手,他的泪也就滴在他的手背上。古鲁特父慈爱地向他微笑着,缓缓地说:"看来,你也不十分强壮,冲锋陷阵,似乎也不大可能胜任,在后方做些宣传和动员工作,也可以对抗战作出贡献呀!"他体会得到泰戈尔的心,因为他是他唯一一位中国学生,老师多么希望他将来能成为沟通中印文化的使者,这也许是他晚年最后的一个愿望了……

魏老继续回忆说:"我拜别古鲁特父的时候张大着泪眼,我相信我将来一定能够重返印度。那时印度必会同我的祖国一样，外来的侵略已被驱逐，印度人民必已过着自由、幸福的生活了。但是我再归来时，还能见到白发银须、长袍大袖的古鲁特父，静坐在乌大阳阶前的一张藤椅上对着庭前的繁花低吟吗？我还能见到光头赤足、腰缠杜底、蹒跚着走向农村的玛赫子玛·甘地？还有，国际大学的许多位老师，都已达古稀之年，我再归来时，还能见到他们的慈颜吗？但我无法拒绝祖国的召唤！我不得不忍痛离开古鲁特父，离开许多师友，离开我心中之所爱——圣蒂尼克坦！"

如今，魏风江先生终于归来了。他这次是来朝圣的，是来祭扫许多老师的坟墓、拜见许多师友或他们的家属的。他说如在泰戈尔故居的阶沿上、或圣雄甘地的屋檐下坐三天三夜才能偿完宿愿。

魏老在印度重访了国际大学和撒伐格拉姆真理学院，受到两所母校的热烈欢迎。他无论到哪个城市，沿途有军警、医生护送，各地邦政府首长均盛情接待。许多团体举行集会欢迎他，总理拉吉夫·甘地特从南方赶回新德里，接见这位三十年代曾参与印度独立运动、与印度人民同甘苦的中国学者。

魏先生一生只有一个愿望，那就是希望中印两国人民友好相处。1988年12月，拉吉夫·甘地访问我国，这是中印两国由于边界纠纷而疏远了二十多年后第一位印度总理的来访，是举世瞩目的大事，魏先生事先在《人民日报》上撰文重叙自己与尼赫鲁一家半个世纪以来的交往，对尼赫鲁的外孙、现印度总理的访华表示诚挚的祝愿。

魏老不但重视官方的交往，而且也很看重民间的友谊。每当有印度朋友来，他总是慷慨热情地招待他们，像对待自己的亲戚一样。

三

在我的印象中，魏先生丝毫没有名人常有的架子，这正是他师承泰戈尔作风的结果。于是，几年前的一个春天，我又一次走进他的家，走进"印度诗人泰戈尔纪念室"，一股幽香扑面而来。

“这是春兰，魏老师也喜爱花？”

“是的！是的！”他一边整理，一边回答。

房内比较乱，原来明亮如镜的大书桌桌面上、沙发前的茶几上堆满了刚刚放大的新照片、画册等。魏先生告诉我印度一位副总理下月初要来我国访问，来信说还要到杭州见见他，所以他把纪念室重新布置一下，以迎客人。

先生很关心我的学习，坐下不久他就提到我尝试用五言体翻译的几十首泰戈尔《迷途飞鸟集》，说译得很好。

“这是您对我的鼓励。”

“不是鼓励，是译得好。”他肯定地说。

我便就桌上一张魏先生几年前重访印度时在林间与学生一起上课的照片，指着把树林一方一方隔开的像排球网一样的东西问：“这是什么？做什么用的？”

魏老师端详后说：“这是篱笆。”

“您早年在印度留学时，也是这样的吗？”

“不是的，不是的。古鲁特父是不主张学校里有什么墙的。只有果实累累的檬果树，巨藤缠绕的榕树构成的自然的墙垣，外面牧牛的、驾车的、种田的都可以自由进来。”泰戈尔认为，年轻的心灵中应渗透这样的思想：他生于一个人类世界，这人类世界与它周围的世界是和谐一致的。而这正是现在的正规学校以一种严肃、傲慢、高人一等的姿态所忽视的东西。魏先生还补充说：“泰戈尔不主张儿童穿鞋袜。他认为孩子们的脚掌不应该被剥夺教育。在我们的肢体中，脚掌由于它们与大地的接触，是最适于亲切地认识大地的。”这时魏先生送给我一张五十年前他亲自摄下的泰戈尔的工作照，露在桌下对着我们的是一双赤脚，那时泰戈尔已年逾古稀了。他始终主张人与自然、人与人要互相沟通，只有这样才能领悟生命的真谛。

四

我读过魏老师的《我的老师泰戈尔》、《印度重访记》、《怀念英迪拉》、《我在甘地先生家里》、《我所认识的印度国大党先辈领导人》等一系列专著或文章，我总觉得魏老师不仅是一位深谙印度历史、文学的学者，而且是一位真正的诗人。

有一次我去见他，正是赤日炎炎的夏天午后，魏老师卧在水泥地上午睡，听我唤他，霍地从地上站起，连连招呼："是光辉来了，是光辉来了！"我真后悔不该在此时打扰他，快八十岁的老人了，这样霍地从地上站起怎么行呢。魏老师待人就是这么诚挚，真是"行学甘地尚俭朴，心崇泰翁存真情"。

"魏老师，我总觉得你是位诗人，虽然我没有读过你一行诗！"这次我把自己的想法径直告诉他。

先生沉默了，他的思绪又回到了遥远的少年时代。

"我喜欢诗，还是因为读了泰戈尔的《飞鸟集》。那时候，大概在初中念书吧，家住在乡下，有一个书房，书房窗前有个院子，可以看到黄叶的飘落，听得到小鸟的啁啾，旁边还有一条小溪潺潺而过，环境挺幽静。有一天，我读到泰戈尔的《飞鸟集》，第一首就是：

> 夏天的飞鸟，飞到我窗前唱歌，又飞去了。
> 秋天的黄叶，它们没有什么可唱，只叹息一声，飞落在那里。

泰戈尔把我的情思都表达出来了，我一下子觉得泰戈尔的心跟我的心是相通的，从此我也写了许多泰戈尔式的小诗，陆续发表在当时商务印书馆出版的《小说世界》上。更有意思的是，因为我屋边的水田、小溪，晚上、清晨都可以听到青蛙的鼓噪，我单为蛙鸣就写了一百首内容各异的小诗。可惜后来历遭劫难，散失殆尽，如果你不问起，我是连想都没有想到了。"

"那么，魏老师，您在泰戈尔身边，他跟你谈诗吗？"

"有的，有的。"先生沉浸在往事的回忆中说："那时我还写诗，用英文写，写后就拿给泰戈尔看，请他评改。记得有一次，我写了这么一首诗，说花园里的花含苞待放，天上降下了一阵寒霜，花蕾萎蔫了；

树上有只小鸟等它的伙伴一起远翔，可突然刮起了一阵风暴，小鸟不能飞翔了；有一位少女等待她的心上人，可她心上人的船在海上沉没了。古鲁特父读后批评说这首诗的内容不好，借用你们中国人的话说叫‘无病呻吟’。青年人应该奋发向上，乐观进取，消沉是不可取的。这就是我在泰戈尔身边受到的诗教。”

从此以后，魏先生不忘泰戈尔的教诲，努力向上，奋发进取。

五

1991 年 9 月 26 日，印度驻华大使塞尔曼·海达尔专程来到杭州拜谒魏风江先生，并代表印度文化关系委员会和印度大使馆赠予魏风江先生一尊泰戈尔塑像。大使在致词中说，魏风江教授是中印文化交流的先驱者，是中印两国人民友好合作的一座桥梁，一个活的纽带，他在人们的心目中有着一个特殊的地位，因为他是唯一亲身受到泰戈尔的教导，并在国际大学学生时代直接与印度独立运动领袖圣雄甘地和尼赫鲁先生等有过多年密切交往的中国学者。他至今仍在为传播并实现泰戈尔的希望中印两国的文化交往必须达到并超过古代所曾有过的那种水准的理想而努力。

魏老含着热泪说他当年在国际大学读书时，师尊泰戈尔十分喜欢他。泰戈尔说他在 1924 年 4 月访问中国，对美丽的西湖极为迷恋，恨不能长住在那里，像灵隐寺前的飞来峰，从印度飞来后永不归去。魏风江曾对泰戈尔说：“古鲁特父要是在西湖居住，我必将像一个孝顺的儿子那样侍奉您！”泰戈尔当时相信他的话是真诚的。现在，昔年师生的梦变成了现实，因为塑像对魏先生来说无异是泰翁本人，魏教授表示要与他的儿女们克尽孝道，侍奉这位亲爱的老师了。

想到这位为世界和平，为中印人民的友谊而历尽苦难的老人，我真想再一次去看望他。

先生之风山高水长

——记朱维之先生

听到我国著名的希伯来文学研究家、翻译家和比较文学家朱维之先生逝世，我的心情非常沉重，数十年来他是我的精神导师，曾给我知识之光、慰藉之灵。我未曾受业于先生，也不曾与先生见过面，但他给我的关爱却是刻骨铭心的。四十年前我以有病之身在杭州读书，一天从医院回校，在明亮的西子湖边一间幽暗的古旧书店里翻到一本《基督教与文学》，在刘廷芳博士的序中读到“与吾同籍东瓯”等语，使孤陋寡闻的我隐约觉得有点同乡之谊，不觉分外亲切，便购下此书，从中获得许多知识，得到许多安慰，这是学术著作所少有的。从此，凡先生著译我无不认真拜读，先生行踪亦随时关心。

先生在一系列著作中提出文学有现实思潮和浪漫思潮的对立，互为消长。在西洋是希腊或异教思潮和希伯来或基督教思潮的对立，几度冲突之后各能认识对方的伟大。他指出我国人接受西洋文学时言必希腊、罗马，而忽视希伯来，这是很不全面的。由于他长期不懈的研究，终以自己的论点“早期基督教文学”填补了罗马文学衰落后西方文学长达一千余年的空白，这是朱先生对文化史研究的一大贡献。朱先生的研究不光有学术价值，而且有巨大的现实意义。我们知道，中东地区已成为我们这个星球上最容易爆发大规模冲突的热点之一，以色列与阿拉伯国家屡开战端，生灵涂炭。朱先生在其最后著作《古犹太文化史》一书中指出，阿以对立冲突中的一个重要原因就是双方昧于文化史的缘故。中世纪在中东有阿拉伯民族的新崛起，大量吸取希伯来文化而创造性地发展一种新文化——穆斯林文化。与此同时，希伯来人却流散在世界各地，将近二千年。近年来他们又从各流散地回到故乡来重建现代化的以色列国，与阿拉伯人之间发生矛盾是难免的。朱先生以自己长期的研究，阐明他们本是同根生的兄弟民族，希望他们用谈判，而不是用流血来解决问题——“本是同根生，相煎何太急！?”

先生出生于浙江苍南县，早年游学日本，研究“中国文学思潮史”，著有《中国文艺思潮史略》(1939)和《中国文艺思潮史稿》(1988)。他打破文学史以朝代为序的惯例，而换以以思潮的变迁为序，开拓了思路，丰富了研究内容。他曾以日、俄对照的方法翻译格里鲍耶陀夫的《聪明误》等苏俄作家的作品。他更以孜孜不倦的精神翻译了弥尔顿的《复乐园》、《力士参孙》、《失乐园》和《弥尔顿抒情诗选》。在长达九十五年的岁月中翻译弥尔顿几乎贯穿了他的一生。这位伟大的英国诗人高尚的人品、崇高的诗风对朱先生也产生了深刻的影响，也在朱先生的身上得到反映。

先生长期在南开大学任教，对学生岂止是诲人不倦！听说“文革”时批判他的大字报铺天盖地，造反派学生给他画了脸，挂上牌批斗，他却认为这不是学生的过错，批斗结束，他回家脸一洗，衣一换，晚上就挤到广场和学生一起看电影，这是何等宽厚的胸襟！即使对我这个他不认识的门外学生的学习要求，一有机会他也总是多方满足。“文革”一结束，我得知先生安然无恙，马上写了一封信祝贺他，并向他索书留念。他也随即回信，除对我多所鼓励外，还送我一册《弥尔顿及其作品》，这是他的研究生在他指导下撰写的专著，显然他手头没有自己的著作。过了好几个月，我又收到了朱先生自己新出的《中国文艺思潮史稿》和《希伯来文化》。在大师面前我只有聆听、学习。后来我忙于教学工作，连信都没有写了。过了好几年，先生却还记着我，又给我寄来了人民文学出版社刚出的他的新著《圣经文学十二讲》，对此，我是非常感激的：一位大师却能记着一个微不足道的人，这是多么难得！又过了十多年，当我将自己的译诗集《最初的微笑》寄给先生请教时，得到的回信却是家属写的，先生已缠绵病榻，不能言语了。过了不久，一代大师就与世长辞了，怎能不教人哀痛？好在先生的生命已化为精神之光，永远辉耀在后人的心头。

爱满人间一百年

——追念冰心先生

“五四”新文学的老祖母，文学大师冰心先生离开了人世，我深深地为之悼惜！

我从年轻时代起就爱读她的著译，她那美丽的诗集《繁星》、《春水》，散文集《寄小读者》以爱的甘泉滋润过我的心；她那准确、优美、传神的译文《先知》、《吉檀迦利》引导我走进纪伯伦与泰戈尔崇高的内心世界，从中汲取精神营养。冰心先生是我最敬重的文学前辈，她著译等身，德高望重，是“当代最伟大的女作家之一”（英籍女作家韩素音语），一百年来爱满人间。

我作为她的一名读者有幸曾与她通过几次信，并且得到过她特别的关爱。1990 年我将自己翻译的几十首泰戈尔的小诗寄给她看，并附了一张花笺请她题写其中的一首。她慨然应允，没过几天就寄来了。接到题字后我满怀欢喜，后来才发现我寄去的那张花笺比较粗糙，而她题写的纸的质地精美多了。显然这是老人体会到我的爱美之心，特地换给我的。一位九十高龄、蜚声中外的名作家为一位普通读者办事如此认真，细心，实在令人钦敬；她的慈爱又怎能不叫人感激追念！

现在，冰心先生永远地走了，但她那苍劲的字仍然给我一种很深的印象，也给我一种向上的理想，一种人生的乐趣。她热爱祖国，热爱人民，热爱和平。她的爱永留人间！

纯白如云的花朵

——回忆诗人唐湜

> 谁都不是自成一体的孤岛；如果海浪冲刷掉一个土块，那么欧洲就少了一点。……无论谁的死亡都使我受到损失，因为我孕育在人类之中，所以，别去打听丧钟为谁而鸣，它为你敲响。
>
> ——John Donne

听到诗人唐湜先生去世，我很悲痛，因为中国失去了一位独特的诗人，也带走了我与他曾经有过的岁月、诗情与友谊。

我认识唐湜先生很早，那时我二十多岁，热爱新诗，读了不少诗集，也涂写了不少东西。可我身边没有一位真正意义上的诗人，诗人都在飘渺云雾间，我无法与他们作面对面的交流，心与心的相通，直到结识了唐先生。那时他住在城下寮，我经常出入他家，无论手头是否有事，无论什么时候，他总是热情地接待我。我听熟建国初期每天早晨积谷山上嘹亮的号音，读熟唐先生为此而写的《飞扬的歌》，诗中宏伟的开国气象与建国理想曾使我神往，而另一些精致的短诗，如《我的欢乐》、《遗忘》、《诗》、《巴尔扎克》令我沉醉，叫我迷恋。但他自己由于一九五七年的一场灾难，当时被开除回家，还得接受监督改造，对生活难免消沉，更不必说写诗了。我们谈别人的诗，谈他的诗，谈他的际遇，也谈我自己的想法，我为他搁下灵动的诗笔万分惋惜，我说，正因为你历经坎坷，更应该写诗，西哲不是说愤怒出诗人吗。在年轻人热情的感染下，他又拿起诗笔，拿诗与美来与可诅咒的丑恶对抗了。有一年春节，他来到我家，拿给我一张白纸，上面写着一首诗：《断思——赠 K》，我以为 K 指的是我，可惜赠给我的那页诗稿我没有保存下来，诗中写道：

珠贝满孕着季节的痛苦，
该吐出彩云样光耀的珍珠！

从此，他的诗泉重又喷涌，一卷一卷地写出《清晨之献》《西窗商籁》《幻美之旅》乃至长诗《海陵王》……他怕被人抄家抄走就誊了多份，分放几处，一份就放在我家，因此我能陆续读遍他所有的手稿。——他写的字又小又细又淡，不知是为了减轻誊抄的劳累，或是为了节省蓝墨水，那时他手头拮据，纸张都是一位青年朋友赠送的。——我每读一卷他的新作，自己就仿佛一棵小草淋了一阵春雨，有了新的生机。我还爱读他的评论，1950 年出版的《意度集》。他的评论与众不同，思辨之中流荡着一种诗意，我就像躺在溪边的青草地上倾听泉水的低语，感受蓝天白云的抚慰。在他的导引下，我读懂了冯至的"沉思的诗"，体验郑敏"静夜里的祈祷"，而《维吉尔的〈牧歌〉》更令我神思飞越。

当然，我有时也将自己的习作请他看，他看得很认真，用红圆珠笔作了仔细的修改，他提的意见很坦率，有时也很尖锐。晚年他还为我的一本诗集写了评论（后收入拙著《最初的微笑》中），对像山泉一样流出来的自然、明白的诗表示欣赏，对当时诗坛上只允许自己的一种写法而排斥别种风格的做法提出批评，他呼吁诗坛应该百花齐放。

正如五四时代的许多诗人，如梁宗岱、戴望舒、冯至、卞之琳都兼通中外文学一样，唐湜先生是诗人、评论家，也是外国文学研究家，他翻译米尔顿、艾略特的诗，泰戈尔、莎士比亚的戏剧，评论过阿左林、纪德、梵乐希、衣修午德和维吉尔。对此，我虽力不能至，心向往之，也曾译了一点东西，而且也爱请教唐先生，他读了我的一卷海涅译诗后曾写下《我的意见》：

1. 有些地方不贴切原文，只以泛泛之词笼统地译出，有失原作风味。

2. 文言和方块词有些堆砌，这些词儿就是那些泛泛的笼统的词汇。

3. 译得颇干脆，朗朗可上口，有点民歌意味(但须谨防民歌的流俗风格的感染)，这是接近海涅风格的，海涅的诗谱曲最多就是为此。

4. 我希望译得单纯、明快，又口语化，贴近原作的文句。

这么具体、细致的指导，表现了唐先生对我的深切关怀，也反映了唐先生的翻译主张。从此我翻译什么东西就时时记起先生的教导，总是努力贴近原文，译出原作的风格。

唐先生真是个不失赤子之心的人。有一段时期他对种植花草很感兴趣，在小花盆里种了很多花木。有一次我看见他自己嫁接了好几棵“绯牡丹”，绿绿的仙人掌上嫁接一个红艳艳的小仙人球，很可爱，我便向他要一棵，他竟然拒绝，令我非常伤心。我想这个唐先生真是太小气了。其实，这正是他的特点之一，他爱在火头上的东西绝不放弃，正如小孩喜爱的糖果连母亲也不愿给一样。我想，只有这么执著的人，才会有所成就吧。他沉潜在花草的世界中，结果写出了一系列有关花草的诗，其中一首十四行《小植物的歌唱》我最喜欢，他教导我们如何对待生活，这难道不是比送我一棵仙人球贵重得多吗？

唐先生是慷慨的，我向他借书他从不拒绝，连诗人唐祈、陈敬容留在他身边的手稿都借给我。他后来出版的著作总是签上名字送给我：《九叶集》、《海陵王》、《月下乐章》、《遐思——诗与美》、《春江花月夜》、《霞楼梦笛》、《三星草》、《蓝色的十四行》，这些都已经成为我宝贵的精神财富。

唐湜是一位独特的诗人。有一次我在他家中，有朋友问他怎样才能写出好诗，我抢过来回答说：创造出世界上未曾有过的。唐先生听后微笑着连连点头。他的诗就是独创的，古诗中没有，新诗中也没有。他的诗是用他自己的生命写成的，满蕴着他的欢乐，他的痛苦。希腊神话中的美少年纳蕤思（Narcissus）爱山、爱水、爱阳光，更爱自己；唐湜先生也爱山、爱水、爱阳光，他却更爱诗。纳蕤思临流鉴照沉没于水，后来水中开出了水仙花；唐湜先生沉浸于诗，开出了心灵之花。

不久前，朋友告诉我，先生又病了，而且很重，家属已经准备后事，要在墓碑上刻一首他自己的诗，问我哪一首最合适，我说如果可以，刻上他写的《纳蕤思》的最后两句就够了：

觉手足渐伸入泥土，脉脉含情，
口里吐出了纯白如云的花朵！

常青的大树

——怀念叶君健先生

在报纸的角落里我偶然瞥见您的名字，以为是新的有关您的生活或著译出版的消息，我忙着看下去，谁知却是“叶君健先生今天远行”，心头一阵黯然。

您出生于湖北最穷的黄安县最穷的一个村子里的一户贫苦的农家，最终成为一位精通多种外语的作家。三十年代您就用世界语写了本短篇小说集《被遗忘的人们》；四十年代您用英文写作的《山村》一问世就被英国笔会评为“1947 年最佳小说”；五十年代您从丹麦文翻译了《安徒生童话全集》，使安徒生走进了中国的千家万户，为下一代的健康成长作出了卓越的贡献。您的译本被公认为“当今世界上安徒生童话最好的两个译本”之一，您因此荣获丹麦女王授予的“丹麦国旗勋章”。您长期担任英文版期刊《中国文学》的副主编（主编茅盾），将中国优秀的文学作品推向国外，“为他人作嫁衣裳”长达数十年。直到八十岁离休才开始专心从事自己的创作，这时您却已得了不治之症，而且已经是晚期，您居然只紧张了两个多小时就平静下来，决心与死神竞走，作人生最后一次冲刺。您出版了《从秋天飞向春天》、《罗马之行》、《树上的小鸟》、《欧陆回望》、《天鹅》、《相会在维也纳》，长篇小说《白霞》和《叶君健访谈录》。这六十万字的著作是一个身患绝症的人在忍受怎样的病痛写出的啊！

您是位满怀爱心的人，在剧痛使您全身抽动成天躺在床上的时候，您仍然关心着您家院子的树上的小鸟，因为您与它们有长时间的交情。您每天吃过早饭以后总把桌上那些面包屑或没吃完的面包揉碎，放到院子里的一张小桌上让它们下来吃食。但是，您已经卧床不起，您已经不能为小鸟们做什么了。您写道：“小鸟们已经飞走了，失望地飞走了。当时我在周身痛苦中所感到的悲怆，真是无法形容。世界上美好的事情确实太多，我同那几只小鸟所建立起来的感情，也是世界美好事情中的一个插曲。但是看来，我们美好的交往要分手了。虽然如此，我还是心想，如果我再坚持两个月，也许像我早年在那变乱的年月与病魔搏斗一样，最后把它拖垮。那时我将每天仍在早饭后为树上的那几位小朋友们提供一点粮食。”

叶君健先生，您真是一棵参天的大树，我和无数的下辈一样，都是您树下的小鸟。十多年前我曾与金江先生一起拜访过您，向您请教文学创作和学习世界语的问题。您为了扩大儿童文学创作领域，曾建议我们利用外国一些民间故事作素材重新编写蕴含新的思想内容的作品。那时正值第七十一届国际世界语大会在北京召开，您是本届暑期大学的校长，我便向您倾谈自己对世界语的疑惑。您笑着回答说：“世界语是一个理想，如果以急功近利的眼光来看，学世界语不能挣钱，不能当饭吃，自然不来学了。学世界语是一种文化生活。当然，它也有实际应用价值，是各国人民了解世界、进行国际交往的有效工具。学某种语言只能同某国人民交流思想，而学了世界语就可以与任何一国人民交流思想，互相学习，这是人类自古以来就一直追求的伟大理想。”确是如此，您本人就通过世界语结识了众多的国际友人，为世界和平与人民友好作出了贡献。

在您的启发下，我们做了些宣传工作，世界语班终于开学了，您得知了竟给予很高的评价与鼓励：

瞿光辉同志：

你好。10月20日信收到多时，因为这阵子忙乱不堪，未能即复，盼谅！

寄来照片及文章看到，谢谢！

你们对世界语如此热心，免费开班，这对传播知识和文化，对人类和平都是一大贡献，祝你们工作取得成功。

祝新年愉快！便中请代向金江同志致意。

叶君健

十二月十九日

由于您奇迹般地康复了，写出了《我没有被癌魔压倒》等三四十万字的文章，我感到鼓舞。

不久前我给您寄去一部译稿，希望您为它写篇序言，不料您旧病复发，但您仍然给我回信：

瞿光辉同志：

您好！

您的信及译稿都收到，因为生病，未能即复，致歉，请谅！

我现已不再为人写序了。对于作序的书，没有深入研究，说些应酬的话，读者颇有意见，因此我决心不再为人写序，希望您能原谅，您的译稿及《后记》在此附还，望查收。

敬礼！

叶君健　5.27

您未能允诺我的请求，自然令我失望，但对一个身患绝症的老人，有信必复已是极不容易，尤其是信中所表露的做事认真、负责的精神已经是留给后人的一份宝贵的遗产，我应该心满意足了。您回信后只过了半年就永远走了，我们再不能见到您的风采，听到您的声音，这是多么巨大的损失啊！您热爱生命，热爱工作，您是一棵常青的大树，您的著译永远会给我们鲜花与果子！安息吧，叶君健先生！

（1999年2月5日叶先生逝世一个月忌日作）

永远年轻的老人

——记诗人圣野

不见圣野先生快十年了，也没有鸿雁往来，但心里总不时地想起他，因为他是个真诚的人，一个沉醉在诗歌之中的人。

我第一次见到圣野先生在1983年的一个晚上，在驱车前往新安江畔参加浙江省儿童文学创作会议的路上，同车的有一位文弱、安详的老人，在会上才得知他就是我心仪已久的诗人圣野先生。他是《小朋友》杂志的老编辑，会上他问我写了什么没有，我说有几篇寓言，只是写得不好，拿不出去。他再三鼓励我："拿来看看，可以改么。"他一拿到稿子就马上进行推敲修改，并且鼓励我再写，多写。我见他平易近人，就跟他说我喜欢郭风的散文，也写了郭风式的几篇东西。

"郭风式的东西也很好么，拿来看看。"

"这次没有带来。"

"不长的话，可以默出来么。"

老编辑的殷殷之情令人感动。会议结束后回到温州，我给他寄去了几篇，不久就收到编辑部留用通知，并且肯定了这些小文章富有儿童情趣，也很美。文章配以优美的插图在《小朋友》上发表了，这事几乎也就结束了，但圣野先生在寄来样刊时又附信说："你的小散文还是能受到孩子的喜爱，有暇给我们再写些吧！期待着。"只是我后来忙于教学工作，没有写下去，辜负了老诗人的期望。

以后我们曾数度相聚，每次见面他总是关切地问我写了些什么没有。

圣野先生生活非常俭朴，十几年中我见过他几次，每次仿佛都穿着同样的衣服。他沉醉在工作中，沉醉在诗歌之中。在我们相聚的日子里他总是随身带着个小本本。他几乎每时每刻、随时随地都在想诗，谈诗，写诗；开会发言，他就朗诵即席写下的诗。平时文静内向、沉默寡言的他一朗诵起诗来就像中了魔一样意气风发，声音响亮，手舞足蹈。他丝毫不关心人们的反应，鼓掌也罢，冷淡也罢，惊异也罢，都与他无关，他只关心着诗。

1987年我路过上海，在编辑室里见到他，他送我一本少年儿童出版社刚出版的诗集《雷公公和啄木鸟》，在扉页上他题赠两句诗：

在诗里面相见
让我们做个朋友

1989年雁荡山笔会上，我们在大龙湫前留影，后来拿到照片，他就在后面题上：

我们的背后
挂下一条银河
正悬挂着
我们新鲜的友谊

我们在“银鹰山庄”留影，他又写了：

这是一座阳台
看似平淡
却是一对
银鹰的翅膀
它运载着我们的友谊

往前飞翔

他不断地歌唱着友谊，真是一个诗的孩子。

在热热闹闹的中国诗坛上，我认为只有圣野先生的诗还葆有“五四”初期“湖畔”诗人那种质朴、率真的风格。他给自己画了个像：

圣野公公
又到湖边
散步去了
他在湖边
丢掉了一把
银色的胡子
捡起了几片
绿色的小诗

这“绿色的小诗”，我想就是儿童文学。圣野先生把自己一生全部的心血都倾注于儿童诗创作，倾注于儿童文学，于是，他永远年轻了。

无法投递的回信

——悼念赵瑞蕻教授

好久没有给您写信了，现近岁末，我想应该抓紧给您写点什么，否则每年都让您年迈的师长给我问好，多难为情！由于懒，一天拖一天，最后还是您的信到了。我既惭愧又快乐。我可以读您长长的信，还可以读附来的您最近发表的或别人的文章。一袋信封中充满着多少关爱与热情。

想不到只过了一个星期，我还来不及回信就得到您遽然去世的消息！悲伤与悔恨一齐涌上心头：我现在该向哪儿投递回信？我认为以您的热情与信心一定可以活得更长久的。在您的信中说："我三月份想再次回故乡。这次当然要从南京坐火车直达温州，实现我多少年来的甜梦！你也许还记得九四年年底我写的《八十放歌》里曾提到一点'坐火车，沿着瓯江，看两岸风景如画……'"（那时温州尚未通火车，铁路还在建造之中，通火车是温州人向往了一百年的梦想——作者按）想不到您最终还是没有坐上故乡的火车，我没有帮助您实现这个做了几十年的梦深感愧疚。

二十多年来您是那样关心我，在思想上、学业上。您不断地给我寄资料寄书刊。多年前我对译诗比较感兴趣，您正在香港大学讲学，便将沉甸甸的一大本《汉译〈哈姆莱特〉研究》买来供我参考；您知道我喜欢印度诗歌，便将自己在新德里参加"首届国际翻译文学讨论会"上印度诗人 Seth 先生赠您的 *New Voices of India Poetry* 复印给我，并写了题记，希望我业余将其翻译成中文发表，以“不辜负印度年轻诗人友好之情，对加强中印文化交流的热望了”。

您是诗人、翻译家，但您首先是位教师。您总是教导我“把书教好，受学生欢迎”。作为南京大学资深教授，您教起书来就一丝不苟，认真负责。1989年，我陪您到温州教育学院作《人文之遗留后世者最有力莫如心声》的报告，您不计较报告地点是简陋的军营，那个下午您作了长达三个小时的报告，并且讲得那么生动，那么投入。

当您讲到浮士德围海造田成功，不禁喊出：“你真美呀！请停留一下！”——您向后倒在椅子上——浮士德违犯了和魔鬼所订的契约，倒地死了。站在旁边的我却吓出了冷汗，因为您已近耄耋之年了呀。您的报告不是高头讲章，不是照本宣科，而是融会了自己多年的科研成果与艺术实践，因而赢得大家的好评。会后许多学员请您题词留念，记得其中有一句便是歌德弥留时的呼唤：更多的光。

您一生的追求就是为了“更多的光”，您歌唱道：“最憎恨黑暗的是最光明的歌！”您年轻时译出了《红与黑》，年老时解说着《摩罗诗力说》，您还出版论著《诗歌与浪漫主义》和《诗的随想录》。您每出一书必送我一本，使我及时地沐浴到“更多的光”。

您每次给我寄书寄文章总是反复叮嘱：“请多提意见！”“请批评、指正。”您是真诚的。记得有一次我去看您，您拿出自己为一位研究生的毕业论文写的鉴定请我提意见。我虽只提出对一个字的意见，您也是那样高兴。又有一次我对您解释鲁迅的《自题小像》提出异议，您马上回信表示感谢。您虚怀若谷，更无论资排辈的庸俗作风。多年前您在凤凰大酒店宴请师长、同辈，他们都是年过九十或年逾古稀的耆宿，下一辈的只有我一个，有人不解，您介绍说：“瞿光辉是我研究外国文学的同行！”更令我感激的是您的回忆录《离乱弦歌忆旧游——从西南联大到金色的晚秋》一书附录了您的师长王季思、冯至等人评论您的文章，其中也特地选了我的一篇。您总是热爱青年、扶掖后学。我正还需要您帮助的时候，您却永远地走了。呜呼，今生何处能寻这般师友，与我同享欢乐，分担忧愁？

记樊祖鼎教授

维桑舆梓，必恭敬止。

——《诗经》

我第一次见到樊祖鼎先生是在1989年前后，那时我正应香港一家出版社之约翻译两本小册子，因为译本是以英汉对照形式出版的，要求译文既流畅、优雅，又要紧扣原文。有几个地方英文很浅近，中文却很难表达，真叫我受够"一名之立，旬月踟躇"之苦。这时听说兰州大学外语系主任樊祖鼎教授在温州，我便不揣冒昧独自去拜访借住在亲戚家的他。我一一向他请教，他认真思考后一一作了解答，用了非常贴切的译词，使我茅塞顿开。告别时，先生还从七层楼上一级一级将我送下，给我留下难忘的印象。

日后的交往使我对他有了更深的了解。

樊先生出生于温州，幼时，父母为了让他有一个优良的学习环境，县小毕业即送他到离家四五里外的基督教会办的"三育学校"去读书，他每天步行上学。英籍牧师方适(Fossey)夫人很喜欢这个每天像小鸟一样早起飞来的孩子，因此上英语课时都叫他协助教学，使他从小就打下扎实的英语基础。

长大后他深感祖国贫弱，为了国家强盛，他自然把目光望向西方。他带着父母积攒起来的不多的几百块钱只身远渡重洋，来到卢梭、伏尔泰的故乡巴黎攻读国际政治、国际法制和现代政治史博士学位。正当他徜徉于塞纳河畔，过着安静的学者生涯时，祖国人民已经以隆隆的枪炮声解决了他心中的疑难。他欢欣鼓舞地响应祖国母亲的召唤，毅然放弃学位，离开了千千万万人思慕的世界著名学府巴黎大学，于1950年4月取道香港，经天津回到新生了的北京。

一回祖国，满目疮痍，百端待举，领导告诉他，你的家在南方，但是西北需要人。樊先生想起自己回国的初衷，他选择了“西出阳关无故人”的兰州。在兰州大学外语系讲授英语、法语、俄语。兰州作为一工业重镇，急需懂英语的科技人员，樊先生为此集中精力，先后进行英语科技词汇与文学语言，逻辑、语法与修辞的比较研究，撰写了《论词汇网络》、《逻辑、语法、修辞》等讲义，开设了应用语言学，为科技人员迅速掌握外语提供了科学的方法与材料。

樊先生认为词汇的研究与其说是语言学的研究，倒不如说是对民族心灵的研究。词汇对社会变化最为敏感，是语言科学中最有活力的研究领域之一。

樊祖鼎教授除了指导研究生，担任甘肃省大学英语四、六级考试总主考、甘肃省翻译系列高级职务评审委员会委员外，还从事中外文化交流工作，他翻译了在巴黎大学时的同学雷威安教授的《〈金瓶梅〉法译本导言》以及艾金布勒教授的《〈金瓶梅〉法译全译本前言》，樊先生就是这样在边远的西北孜孜不倦地工作整整四十年，直到退休。

樊先生非常眷恋故乡，他曾赋诗说：“逢人尽说温州好，只缘温州是故乡。”他许诺：“温州啊！我的心偏向着你，我要为你做一切我所能做和应当做的事。”退休后他一回到故乡，就不管阴晴雨雪，每天横过瓯江到乐清电大班为本科生教授法语。他采用强化教学，用一年的时间教完三年的内容，很得学生的欢迎。当故乡的一所业余外语学校请他担任顾问时他也欣然同意，并完成了一年高级班的教学任务。只要是对故乡、对下一代有益的事，他从来不知推辞。晚年他还为少年儿童工作，1997年中国文学出版社出版了由他英译的《金江寓言选》。他从年轻时代开始就只有一个心志：为祖国服务。

书　情

从花鸟虫鱼到诗与寓言

——为《作文新圃》而作

我来到世界以后第一个引起我特别注意、唤起我兴趣的是我家小院子角落里的一种小花。它在夏天午后或雨后开出一朵朵小小的白花，将花蕊抽掉，夹在唇间一吹，会发出“叭”的一声。大人们都唤它为“喇叭花”，我和姐弟们就爱摘它来玩。

那年夏天日本鬼子来了，永嘉（即今温州城区）第三次沦陷，父亲带我们逃往乡下，他顶着盛夏酷热的太阳，忧郁地坐在航船上，我年幼无知，却饶有趣味地看着两岸的田野与青山，望河边起落的鹭鸶，还有时时从船边漂浮而过的水荷花——啊，这些忧郁的紫色花一直漂在我的心上！

慈爱的父亲逃到乡下不久身体发烧，一个星期就病死了。日寇撤退后，母亲无路可走，只得带我们回到她父亲的身边。俗话说“嫁出去的女儿泼出去的水”，可我的外祖父陈秀卿先生是个非常善良的人，他二话没说就收留了我们一家六口。外祖父并不富有，可院子里却一年四季花木葱茏，鲜花不断，不是茶花迎春就是夏兰飘香，还见高大的桑树上挂满了紫红的桑椹。

外祖父家的附近还有废墟、废园，里面荒草萋萋，其中就有著名的墨池遗址，据说是晋代大书法家王羲之临池作书之处。它们便成了我每日必去的地方，因为这儿春天杨柳依依，青蛙鸣叫；秋天梧桐瑟瑟，蟋蟀低吟，很叫我喜欢。

母亲是个目不识丁的人，但她知道读书的重要，亲自送我到基督教会办的小学读书。没有这里给我的免费教育，我后来肯定是个文盲。母亲当然没有教过我半个字，只是偶尔给我吟哦谜底往往是昆虫的谜语，或讲一则寓言，希望我能吸取里面的教训。记得有一次，母亲上菜场回来给我买来一只装有“纺织娘”的小竹笼，这是母亲给我买的唯一的一件玩具。我把它挂在南窗边，每天早上拿豆芽喂它，晚上就与姐弟们躺在窗边的床上等它唱长长的纺织之歌。

母亲是个很宽容的人，不管我种花种草，养鱼养鸡，她从不干预、责备，只在洗衣时从我的衣袋里抖出许多泥沙时才埋怨几句。我把几颗生花生埋进泥土，看见它发芽滋长，心里甜滋滋的。可好久也只见开几朵不起眼的小黄花，就是不见结果。秋天了，它枯槁了，我把它连根拔掉，竟然拉出几颗花生来，它给了我从未有过的惊喜！后来，年纪稍大，我偶然在表姐的旧课本中读到一篇叫《落花生》的文章。它叙写的正是我非常向往的生活——我也有块园地做一名园丁该多好啊——这在我的一生中都没有实现过。不过我却因此找到了另外一片无限广阔的园地。

为了栽花种菜或听虫唱鸟鸣，我爱跑到乡下或山上，到山林中去感受草木的荣枯、季候的变换。这种感受居然在读初中一年级时在一本练习册的背面上反映了出来，我写下了第一首诗：《秋风》。我喜欢诗的排列形式，它多么像耕耘得整整齐齐的花圃、田园。于是我作文时偶尔也写成诗的样子。语文老师方中铮先生见我喜欢诗，除了在评语中详作指导外，还将艾青的反对战争、歌唱和平的新作《寄广岛》借来给我看，读后我受到感动，从此爱上了艾青的诗。我几乎读遍了艾青所有的诗集，进而读郭沫若、冰心、冯至的，凡能找到的“五四”前后的新诗集我几乎都读了。同时，我自己也涂抹了不少，并且一本一本地“出版”——自己手抄，自己设计封面，开本也与真的书一样。三四十年后我从中选出一部分印了一本《象征集》，封面也是自己设计的——采用毕加索的画，由鸽子、树枝、女人组成的《和平的面容》——这是我最喜欢的世界名画之一。卷首有友人骆寒超教授的序言，给我部分诗作以很高的评价。老诗人唐湜先生、美学家阮延陵先生还写了评论，都说我的诗像“翠色的山泉”。陈冰原先生读后还赋七律一首，诗云：

凤抱童心观世界，
青山妩媚水幽清。
秋云青鸟传奇幻，
月色波光羁客情。
野草丛中探哲理，
鲜花朵里掬香琼。
寻诗物外江天阔，
展卷尤知着句精。

前辈、朋友的鼓励都是我应该感谢的。

由于喜欢现代诗，追本溯源，我自然也会接触古代诗。我喜欢陶渊明、杜甫的诗，他们描写田园生活与关心民生疾苦的诗尤其让我喜欢。有一个时期我还特别喜欢《诗经》中的《国风》，并将其译成白话诗，出了个油印本《国风选译》。古诗今译使我得以深入体会我国诗歌的现实主义传统，也揣摩出诗歌翻译的一些技巧。

至于外国诗我也读了不少，我是先醉心译文进而读原著的，为此，我学过英语、法语、意大利语，虽然都没有学会，但还是通过它们向窗外的世界望了一眼，欣赏到原诗、原译的美妙。我选译了印度诗人泰戈尔赞美自然、讴歌生命的诗篇，结为一本泰戈尔诗选，曰《生命的花果》，泰戈尔唯一的中国弟子魏风江教授为之写了序文；五四新文学的老祖母，当年九十高龄的著名诗人、翻译家冰心先生为我题写了泰戈尔的诗，给了我莫大的鼓舞。最近我又将自己从青年时代就开始翻译的包括希腊、德国、西班牙、英国、伊朗、黎巴嫩、尼泊尔等十二个国家二十多位男女诗人的诗编成一册外国名诗选：《最初的微笑》。我以为读外国诗如不亲自翻译成诗是很难深入到原诗内容的微妙处的，诗中含蓄的地方，作者的苦心孤诣，只有经过翻译成诗才能比较深入地体会出来。但丁、雪莱都说诗不能翻译，我想他们指的不是内容意义，而是指格律或形式。诗的格律或形式主要是为了表现音韵之美，而音韵之美是特定语言所特有的，是不可能移植的。诗不能译，但又有必要，比较可行的办法，我认为是由译者根据原诗内容采用或创造一个相应合适的形式。译诗既然是一项艺术活动，它就离不开创新，这也是我为什么比较喜欢译诗的原因。南京大学中西比较文学教授赵瑞蕻先生以及印度友人 Alakananda Mukherjec 女士在提供材料方面给了我很多帮助。外国诗中经常出现的玫瑰、风信子、百合花都是我喜爱并且种植过的，现在又在我的笔下开放，使我记起美丽的诗歌女神在我年轻时对我展露的最初的微笑。

文学作品中花鸟虫鱼出现最多的莫过于寓言和童话了，一边读伊索寓言，一边联想小时候观看蚂蚁搬运苍蝇的情景真有无穷的乐趣。感谢金江先生多年前送给我他自己创作的几本寓言集，唤起我创作寓言的兴趣。我的寓言习作不少就是经他评阅、热心推荐发表的，从此《中国现代寓言选》、《中国当代寓言大系(1949—1988)》以及台湾出版的《瞎子打猎》等四十多种选本都选录了我的寓言。中国文学出版社出版的英汉、法汉对照的《中国当代寓言选》也选译了我的作品；原兰州大学外语系主任樊祖鼎教授也把我的寓言全译成英文；尤其是美国俄勒冈州林菲尔德学院的文森·雅各布(Prof. Vincil Jacobs)教授见到我的寓言，就建议郑丽影女士将其全部译成英文，他亲自担任校阅和编辑在美国印行，使我的作品得以走向国外。

在这之前，即 1989 年我也应香港大光出版社有限公司陈蒙杰先生之约，以英汉对照形式翻译出版了意大利高洛第的童话《木偶奇遇记》和《伊索寓言》两种儿童读物。

这些虽然都是微不足道的，却是我劳动的成果，而且几乎都与花鸟虫鱼有关，与大自然相通，离开了它们我就没有什么创造，我的一生也许就是一片荒凉的沙漠。

石榴花般的灿烂诗情

——读赵瑞蕻的《梅雨潭的新绿》

朱自清的描写梅雨潭的散文名篇《绿》像一股清清的泉水，久久地滋润着我们的心田，现在赵瑞蕻的诗集《梅雨潭的新绿》又给了我们新的喜悦。

二十年前，我第一次在《人民日报》上读到赵瑞蕻的新诗《梅雨潭的新绿》，我就惊诧于一个一直在外工作的诗人，念念不忘故乡的一泓水、一瓣花的深情。现在，经过二十多年的风霜雨雪，他的以这首诗题为集名的第一个诗集，像一股新的泉水欢唱在祖国明媚的春光里，我作为一个温州故乡的新诗爱好者，不能不感到由衷的欢喜。

我之所以喜爱这部诗集，首先是为诗人强烈的故乡之情、故国之恋所感动。诗人于一九五三年秋以一个新中国学者的身份前往民主德国执教，无论在首都柏林，在莱比锡大学，或是在歌德故居，到处是尊敬的目光，热情的欢迎，真诚的款待。但是诗人却思念着祖国，渴望立刻站起来，背起行装，跨过东欧大陆，赶快回到自己的祖国。在这种心情下，他写下了一往情深的《在祖国，如今正是榴花盛开的时节》。这不是一般的思乡之作，而是因为他在国外更真切地感受到祖国的伟大，感受到作为一个中华人民共和国公民的自豪。他看到欧洲人怎样陶醉于李白的诗篇，是李白的诗使欧洲朋友，热爱和平的人们热切希望“欧洲不再听到战马哀鸣，不再看见‘鸟鸢啄人肠’，‘烽火燃不息’的惨象”（《李白》）；外国妇女怎样倾慕苏、杭的锦缎，说只有天上的仙女才能织出这样的丝织品，她们把中国生产的东西当作新年最好的馈赠(《锦缎》)……诗人多么渴望自己能投身于祖国建设中，把自己的一点一滴汗水都融进祖国的土地中啊(《在祖国，如今正是榴花盛开的时节》)。

榴花是一种普通的花，也是诗人小时在故乡温州经常看到的。在他的心目中，榴花是故乡的象征。所以，不管在易水河畔，还是在虎踞龙盘的石城南京，他总是不断地思念起她来。因为没有一个爱国主义者不对故乡怀着特殊的感情，无论她是怎样的一个穷乡僻壤。何况诗人的故乡已经是焕然一新了。诗集中有好几首就是献给家乡浙江温州的。请听：

浙江，我可爱的故乡，
山这么秀，水这么明媚！
彩锦似的杭、嘉、湖，
翡翠般的群岛，海鸥绕着飞。
从座座青山翠谷深处，
涌出钱塘、瓯江、飞云江……
流过花团锦簇般的原野，
千里桑茶绿，万家鱼米香。
写不尽的物产丰美，
说不完的人杰地灵；
我的家乡是个大游苑，
唱不羸的渔歌与涛声！
轻巧的木船摇过富春江，
清澈的水，两岸松竹倒影；
红绿的渔船驰过瓯江口，
金光粼粼，白帆迎着晨风。

——《浙江，我可爱的故乡》

一九六二年春，赵先生回到阔别二十五年的故乡，还在行驰于瓯江上的轮船上，一看见红日照耀下故乡崭新的面貌，便情不自禁地写下了《瓯江日出》一诗，对故乡发出了热情洋溢的祝愿。回家之后，他还特地跑到仙岩寻觅少年时的踪迹，那是他的老师——朱自清先生赞美过的地方。诗人一想起山川秀丽的故乡，就会想起那迷人的“女儿绿”——梅雨潭。诗人从小就钟情爱它，现在重去见它，迫切之情“仿佛年轻时会见一位姑娘”。诗人沉醉于它的波光翠色，那火焰似的杜鹃，花枝般的鱼群，更迷恋于“一片未曾有过的风景”——梅雨潭从前只给人们以自然美的享受，现在却能为故乡发光发热，灌溉田园！

四围暮色中，我依依回望仙岩，
忽然，整个村镇的电灯一齐亮了；
仿佛山中托出了一座天宫——
啊，万家灯火，梅雨潭下一片辉煌！

从这里，他看到了农村社会主义建设的蓬勃景象，“嗟叹之不足，故咏歌之”，一而再地写下了《梅雨潭的新绿》二首。现在作者又将这二首诗的题目作为自己第一个诗集的名字，足见诗人对故乡的深情。

我喜爱它，还因为在他的诗篇中处处沸腾着炽热的激情，飞扬着丰富的想象。在《琅琊山行》一首中，他歌唱着：

多么奇妙的想象啊！没有想象
一切的诗歌都会失去了亮光；
正如没有激情，怎会发出歌声，
没有翅膀，诗歌怎能飞翔？

就这样，在《新登楼赋》中，诗人巡视南北，驰骋天地，缅怀古今，尽情地歌颂了祖国富丽多彩的今天，并且从今天看到了明天。正由于这一点，他相信社会主义灿烂的前景，紧紧地跟着祖国的步伐前进，而不屑于不厌其烦地“表现自我”。在纪念鲁迅的《百年诞辰献辞》一首长诗中他问：一百年来刀光剑影，狂风怒涛中挺立的能有多少人？他抒写了鲁迅先生所走过的道路，歌颂了鲁迅战斗的一生，思想与艺术的光辉；他敬仰那些经得起时代的厉风严霜，而一辈子造福人类的人。他大声歌唱着，我们要争取做鲁迅那样的人——“我以我血荐轩辕”，忠于祖国，忠于人民。即便在这样写实的诗篇中也无不闪耀着想象的光芒，跳动着激情的脉搏。

同时，作为一个以沟通中外文化为己任的外国文学研究家，在赵先生的想象的天地里，正在排除万难，把我们自己的“金羊毛”从大地上下、江湖之中发掘出来献给祖国人民的“阿果”船上的英雄们（《太湖晨歌》），自然会和驾着骏马昂首举旗的羲和一起奔来（《岱顶日出放歌》）……把中外神话、典故熔为一炉，郭沫若、闻一多等前辈诗人开了先河，而作者把它继承下来，赋予新的意义，因而增添了想象的翅膀，让自己的诗在更广阔的空间飞翔，起了更大的鼓舞作用。

愿赵瑞蕻先生的诗，像梅雨潭的泉水一样，流向江河，流向海洋，滋润更多的人们吧！

一九八五年四月

徐志摩的诗

徐志摩，1896年出生在浙江省海宁硖石镇一个很有钱的地主兼商人家庭。父亲送他出洋留学，巴望他成为一个银行家光宗耀祖，徐志摩却不为美国物质文明所诱，宁愿抛弃了美国哥伦比亚大学博士头衔和所专攻的政治、经济，而买舟横渡大西洋，到英国剑桥大学研究院去学习文学、艺术。1922年回国开始写诗、搞翻译、办诗刊并发起征集译诗；印度诗人泰戈尔来华他亲任翻译，扮演泰戈尔短剧《契屈拉》中的角色；此外还写小说，写戏，但他主要是作为诗人活跃在三十年代的中国文坛上，短短的三十六年中留下了《志摩的诗》、《翡冷翠的一夜》、《猛虎集》和死后别人代为编印的《云游》，给当时的新诗以较大的影响，所以朱自清在总结当时新诗运动的成绩时说："现代中国诗人，须首推徐志摩和郭沫若。"

徐志摩从封建化买办化的家庭来到资本主义发达的英美国家，接触了现代科学和各种新思潮。在美国时他听到"五四"的消息也曾经感情激发不能自已过，国内青年的爱国运动，在他胸中激起了同样的爱国热情。那时，他自己说："在二十四岁前对于诗的兴味远不如对于相对论或民约论的，诗不论新旧，对我完全没有相干。"但是在资产阶级文化的熏陶中连他自己都变得不可思议，正如他自己说的，也许照着什么奇异的月色，他的思想就倾向于分行的抒写。他继承了欧美资产阶级处于上升时期渴望接受新事物、探索大自然的要求和开创新世界的革命朝气以及创造精神：

我们要盼望一个伟大的事实出现，我们要守候一个馨香的婴儿出世……

——《婴儿》

他的追求理想、发展个人才智和冒险精神，充分表现在他自己最喜欢的一首诗《无题》中。他认为胫踝被荆棘刺伤的，留在草丛乱石间的血迹是朝山人的本份；他认为在昏夜中前进，没有退后、倒地的余地，唯一的办法只有前冲，冲破黑暗、恐怖和迟疑，灵魂的勇敢是成功的秘密。诗中的这个朝山人便是当时徐志摩自身的写照。他面对眼前的黑暗非常愤慨，他要“拉破袍服，放散一头长发，大踏步地向前——向前”(《灰色的人生》)。他攻击了封建制度，表现出与旧传统决裂的决心和大无畏的精神。

“五四”运动的基本精神是科学与民主，它号召人们从礼教束缚下解放出来，号召人们去争取人格独立、个性解放，恢复人的尊严，这些资产阶级民主革命的重要内容，以及欧洲资产阶级作家肯定现世生活、肯定人有追求个人幸福的权利使徐志摩非常向往，而作者首先就感觉到自己在婚姻问题上被封建礼教紧紧束缚着。他认为那没有爱，又没有自由的家庭是可以摧毁人格的，所以他甘冒世之大不韪，竭尽全力要冲破礼教的樊笼，他要从自由中求得真生命、真爱情。他终于与在德国求学的夫人离异。徐志摩把美与爱看得很重，他在致梁任公书中说：“嗟夫吾师：我尝奋我灵魂之精髓，以凝成一理想之明珠，涵之以热满之心血，朗照我深奥之灵府。”他把爱情比作“一朵雪花”，他的爱情不去那冷漠的幽谷，不去那凄清的山麓，他有他的方向，他的方向就是人间温暖的地方(《雪花的快乐》)。这正是欧洲文艺复兴时期人文主义者追求的。在几千年封建统治下的中国要争得恋爱、婚姻自由谈何容易。吃人的礼教吞噬了多少年轻生命！他忧伤地写下了《问谁?》，还为一个“痴心的女子苏苏”遭受摧残而低低地哀唱。

徐志摩的诗都是理想主义的,而他的理想很快就碰了壁,于是他像华兹华斯一样开始回顾那与他有千丝万缕联系的封建宗法社会,回想着在未受资本主义侵入的"石虎胡同七号"里曾经有过的快乐(《石虎胡同七号》),怀着"依依的塔影",重温"完全的梦境"(《月下雷峰影片》),那个一去不复返了的时代。他哀叹着:

再不见雷峰,雷峰坍成了一座大荒冢,
顶上有不少交抱的青葱;
顶上有不少交抱的青葱,
再不见雷峰,雷峰坍成了一座大荒冢;

——《再不见雷峰》

看到那个日益衰败的社会,凭着一点同情心他开始哀怜起追着人力车乞求施舍的穷女孩(《先生! 先生!》),对一个伤心妇人和她的死孩充满着真挚的同情(《盖上几张油纸》)。在《翡冷翠的一夜》集里,石工浩唉的声音使他感觉到那是痛苦人间的呼吁(《庐山石工歌》),在《大帅》、《人变兽》中对军阀争权夺利而叫生灵涂炭表示了可贵的义愤和深切的同情。作为一个养尊处优的诗人,在当时能写出这样的诗是难能可贵的。这些也许正是我们今天之所以还想起他的一个重要原因,也正是徐志摩诗歌魅力所在的一个重要方面。另一个方面在于他对新诗形式的探求上。

徐志摩诗歌特色显明,不同一般。徐志摩虽然从小沉浸在旧体诗词歌赋之中,能写一手骈五俪六文章,但是诗经、楚辞、李白、杜甫对他的影响很小,早年甚至诗无论新旧都与他毫无相干。只是后来,西方文化无意中使他与柏拉图、歌德、托尔斯泰等相邂逅,英国十九世纪浪漫派诗人们更紧紧地抓住了他的心。他也成为一个浪漫主义者,因为法国资产阶级革命爆发后浪漫主义潮流几乎或先或后在所有的国家应运而生,徐志摩从思想上和艺术手法上都受到影响。他的爱情诗的情调和音乐性与雪莱以及C·罗赛谛的很有点相似;白描手法和采用口语入诗显然是受到白朗宁、华兹华斯的启发。他的诗主要地是受外来影响，自己写的与译的几乎很难区分，他甚至连自己的第三个诗集也用英国诗人布莱克的一首诗题来命名。他一面与闻一多等一起讨论西洋诗体和新诗形式问题，一面以自己的创作实践来创制新格律。他是在诗人们大多以无韵的弍小诗的形式来写诗的时候，以比较多样比较整饬的形式来到诗坛，使人耳目一新。

徐志摩在写作《志摩的诗》的时候，他虽然说"我的笔本来是最不受羁勒的一匹野马"，但还是可以看得出他在这时就已经在寻求适合的形式了。他把西洋近代诗体和一些表现手法输了进来，尝试了多种多样的形式。在他的第一个集子里有当时流行的小诗与自由诗，如《沙扬娜拉》、《这是一个懦怯的世界》和当时还少见的波德莱尔式，如《毒药》、《白旗》；偶尔还有用方言写的，如《一条金色的光痕》。但最引起当时诗坛注意的是他的新格律诗。徐志摩很重视词藻的色彩和音响，讲究行节的安排，尤其在格律诗里。

徐志摩非常注意利用语言的铿锵以引起读者的共鸣，为了起到艺术上的反衬效果，在《月下雷峰影片》中借助共鸣度大、发音清晰的人辰辙造成一个幽静的境界；在《盖上几张油纸》中用短促的句子、破擦的声音构成一种碎心裂骨的音响，这种声音效果与诗中的内容是很协调的。

他还擅长于采用"戏剧性台词"，其手法之一就是让典型场合中的典型人物通过独白或对话把自己的思想感情展现出来，而作者并不介入。例如《盖上几张油纸》全篇中仅有"娘呀，——天冷了，天冷，天冷了，儿的亲娘呀！"一句描摹孩子喊冷的很平常的话，可是一放到整首诗中，放到那种死寂的境界中却使整首诗活了起来，更能攫住读者的心。而《大帅》中则全用这种戏剧性台词，从侧面写出军阀给百姓带来的苦难，暴露"大帅"的毫无人性。诗人用日常口语、跳跃的节奏，模拟人物的口吻一气呵成，显得干净利落。其情景的描绘，人物的言谈动态，都切合当时的场合和他们各自的身份、性格和心理，读起来如闻其声，如见其人。

徐志摩很讲究诗行的排列。他似乎是“五四”时期最爱运用叠句的诗人。《为要寻一颗明星》就是全用叠句而稍加“变奏”的，再在每节上基本保持着一、四行四音组，二、三行三音组，最后一节各加一个音组，这种排列读起来感到吃力，这正是诗人追求理想感到疲惫、幻灭的反映。在《苏苏》中，一、二两节的中间叠句“像一朵野蔷薇，她的丰姿”，“淹没在蔓草里，她的伤悲”好像并无必要，其实，这种排列也不是随心所欲的，它所强调的，就是诗人哀悼的原因。又如《再别康桥》是作者抒发自己与康桥离别之情的，整饬的诗句出之以一前一后（横排）或一上一下（直排）的排列，似康河里的柔波一起一伏，连绵不断，诗中的旋律既合康河的自然状态，又合诗人当时的心情。而《我来扬子江边买一把莲蓬》以“莲蓬”的“空”，“莲瓤”的“甜”和“莲心”的“苦”，缠绵悱恻地道出了负心人的虚伪和痴情女子的痛苦。此诗每节中间三短句自述痛苦，最后一长句倾吐感喟，这种长短相间的排列很匀称，易于感知其中的“长吁短叹”。再如《卡尔佛里》一篇七十余行却全不分节，从“看热闹去”到“回家罢！”一口气写出耶稣被出卖的经过与说话者的态度，这种排列也是为了逼真地表现那种匆匆赶路边走边讲的匆忙状态和说话者披肝沥胆般的率直。可见这种建行形式是为了更好地表现内容，给人以天然浑成的感觉。

徐志摩一生不甘平庸，总是企求超越。他不满足于常人的“爬”或“跑”而要“飞”。他在题为《飞》的散文中说：“人类最大的使命，是制造翅膀；最大的成功是飞！”他终于在1931年从南京乘机飞往北京时在泰山附近“飞”走了。他在世上只停留了三十六年。

破解《野草》之谜

《野草》是我最喜爱的鲁迅著作之一，我在中学时代就听老师讲解过其中的《聪明人、傻子和奴才》、《好的故事》；自己又特别喜欢《秋夜》、《立论》和《风筝》。我喜欢其中葱茏的诗意和精练的文辞。当时一篇篇似乎还明白，但读完全书，书中的晦涩难解之处又使我一片茫然。鲁迅为什么自己都表明“难于直说”，“所以措辞就很含糊了”？我为读不懂《野草》而耿耿于怀。

最近一本《鲁迅：为爱情作证——破解〈野草〉世纪之谜》吸引了我的眼球。作者胡尹强通过深入的研究认为：《野草》只是鲁迅个人独特的感情体验和生命体验，是鲁迅的一段生命曾经生存过的象征，它们的“难以直说”，只是由于他的个人性。鲁迅在写作《野草》时个人生活到底发生了什么重大而隐秘的事情，以致彷徨于无地，陷入极度焦虑、苦闷，促使他写下那些“难以直说”的散文诗？这重大事件是许广平进入鲁迅的生活，并且恋爱了。这对鲁迅来说是非常复杂、十分严重的事。鲁迅已经有旧式婚姻加给他的发妻朱安，现在与许广平恋爱了，这是婚外恋，又是师生恋，而且年龄悬殊——鲁迅年长许广平十七岁，而且又是与各种论敌展开激烈论战时的恋爱。鲁迅与许广平的爱情符合旧婚姻制度和旧道德，他没有和原配离婚，让朱安有妻子的名分，男人纳妾也不违背旧道德；它也符合新道德，没有爱情的婚姻是不道德的。然而，它又为旧道德所不容：喜新厌旧，婚外竟与自己的学生同居；新道德也不容许，没有与原夫人离婚就与许广平同居。鲁迅在新旧文化与新旧道德之间受到双重夹击，于是，和许广平的恋爱就不能不引起他灵魂激烈而巨大的矛盾、痛苦、焦虑。是爱，还是不爱，鲁迅不能不彷徨于无地了。

胡尹强结论说，鲁迅写作《野草》只是为自己和许广平的爱情建造一座丰碑，所以《野草》就“难于直说”，“措辞”就“很含糊”，它是只要自己和她明白就满意了的一部爱情诗集。

我以为作者的研究是有价值，有见地的，他从鲁迅所生活的具体境遇切入，见解颇为新颖，他帮助鲁迅脱下别人硬加在他身上的道袍，让大家容易走近这颗“人之子”的灵魂。但我认为说《野草》是部爱情诗集，每篇都与许广平的恋爱有关，似乎又说得太绝对。例如《风筝》，虽然胡尹强承认这是《野草》中极少见的与爱情没有直接关系的散文诗，但他仍然找出关系，那就是鲁迅与周作人兄弟反目引起许广平的关注，鲁迅为回答许广平探求兄弟失和的原委而写了《风筝》，因此仍是由爱情引发，仍可列入《野草》爱情散文诗的序列。其实，这是不确的。据我的涉猎所知，《风筝》写的并非鲁迅与周作人的情谊。鲁迅四兄弟，四弟四岁时就夭亡了。《风筝》中明确写“小兄弟”，而且十岁。如果指周作人，那么鲁迅当年十四岁，似乎还不会那么世故，认为十岁的弟弟偷做风筝是没出息孩子的玩意；也不至于“我即刻伸手折断了蝴蝶的一支翅骨，又将风轮掷在地下，踏扁了。论长幼，论力气，他是敌不过我的”。后来周作人为文在论及兄弟时也没有认为“小兄弟”指的是自己。因此，我断定《风筝》中的小兄弟指乔峰，即三弟，那时十岁，鲁迅已十七岁，这样的年龄就比较可能了。阅读可以有多种理解，但总以不违事实为好吧。

寓言：自由之花

——写在《中国当代儿童文学精品·寓言卷》出版之际

寓言是最古老的文学样式之一，外国的可以追溯到公元前六世纪的作家伊索的当时在古希腊人中流行的一些寓言；中国的时间也不短，到了春秋战国时期，寓言创作还进入了一个黄金时代。那时的知识分子思想活跃，各派学术观点竞相露面、各抒己见，真可谓“百家争鸣”，盛极一时，寓言在其中产生了很大的“社会效果”。它形式短小精悍，形象鲜明，语言生动，很能说明一些问题。

过去有人认为寓言是因为言论不自由，环境不允许，才转弯抹角、闪烁其辞地出现的。我认为，这其实是不确的。我国春秋战国时期寓言曾经繁荣过，可到了西汉以后，汉武帝“独尊儒术”、“罢黜百家”，统治者不准人们自由思想、自由表达，寓言这朵花也就呈现了萎蔫的状态。这种状况到了当代都有相似的情况。本世纪五十年代，人们提倡“百花齐放，百家争鸣”，寓言以崭新的面貌出现了，显示了勃勃生机。但当“双百”方针不再贯彻时，寓言中的老鼠、麻雀都有严重的政治问题，寓言成了疑人疑鬼的禁区。到了钳制思想的“文化大革命”，寓言被“革”得无影无踪了。只有到了“四人帮”倒台后，在改革开放的春风吹拂下，寓言才恢复生机，出现了姹紫嫣红的景象。现在海燕出版社出版的，由金江先生主编的《中国当代儿童文学精品·寓言卷》就是这番景象的反映。

寓言是介于文学与哲学之间的一种文体，是文学与哲学相结合的产物，它既有审美价值，又有认识意义。俄国作家陀罗雪维支说寓言是“穿着外套的真理”。因此，寓言所表现的内容必须生动、真实，不能给人留下胡扯乱编的印象。熊、老虎都是猛兽，狐狸生性狡猾，我们不能把熊虎之类刻画得温柔仁慈，狐狸被描绘得愚蠢笨拙。给儿童阅读的材料决不能鱼目混珠、是非不分，把错误的观念传授给他们，比如老实吃亏，狡猾吃香，等等。否则，就难怪卢梭在《爱弥儿》里反对小孩子读寓言了，他认为寓言有坏心术，举狐狸骗乌鸦嘴里的肉一则为例，孩子读了，不会同情被骗的乌鸦，反而羡慕狐狸的机灵。当然，世界是复杂的，我们不应该将其简单化。这就要求寓言作家必须具有真知灼见，要想到少年读者的特点，有较高的思想境界。

这些方面在这部包括我国当代九十多位寓言作者、一千多页的选本中几乎都考虑到了，这是一本值得一读的寓言精品集。它的编选又是出自一位毕生从事寓言创作与研究、又有丰富的编选寓言经验的老作家之手，我想它一定会受到读者的欢迎。

哲理与诗情的结晶

——论金江的寓言

金江同志是建国以来写寓言时间较长、作品数量较多、影响较大的寓言作家之一，探讨他的作品在思想内容和艺术技巧上的得失，对今后的寓言创作显然有一定的借鉴意义。

金江的寓言大部分是为少年儿童写作的。

根据特定的读者对象，遵循文学创作的规律，有针对性从事创作，以达到教育的目的，是金江寓言的第一个特色。比如《风和云》就是根据风动云动、风停云停的自然现象来告诉孩子自己成长离不开别人的帮助；同时启发孩子去观察周围的事物，语言浅近，寓意明白，很易为幼儿所接受。但对年龄稍大的孩子，这样的寓言显然不能满足他们的心理要求。所以，同样是写给孩子们看的寓言，《狐狸和猴子》就不同于《风和云》了。《狐狸和猴子》讲的是狐狸和猴子一起用一根木头架桥去摘河心土墩上的桃子来分享，可是狐狸一过桥就想独占果实，把木头推下水，结果自己回不来了。这就从侧面让小读者自己去发现狐狸自私的可鄙，感受狐狸自食恶果的可笑，从而达到潜移默化的作用。作家在塑造形象的时候，特意选择了都是机灵的动物——狐狸和猴子，它们旗鼓相当，一举一动都能产生强烈的戏剧效果，因而尤能赢得活泼好动的少年儿童的喜欢。

就寓言的读者而言，一般来说老少咸宜，但更为少年儿童所喜爱。人们在童年时代特别喜欢小动物，喜欢花草虫鱼，而寓言(童话也是如此)，往往把动物、植物，甚至无生命的物件加以人格化，赋予它们以人类的思想感情、行动和语言，这种由物我两忘达到物我同一，把人的生命和情趣移注到动植物和无生物的对象上去，使其显得有人情似的移情作用，很易在孩子的心中产生共鸣。这就是拟人化的艺术手段特别容易为孩子们所接受的原因。金江就是大量采用这种符合孩子们的心理的艺术手法，塑造了一系列生动难忘的典型形象的。如《乌鸦兄弟》中的老大与老二，你等他修窝，他等你修窝，结果谁也没去修，最后都冻僵了，塑造了依赖思想严重的“乌鸦兄弟”；人家指点他一直往前走，他却坚持横着爬，固执己见，结果难免走了冤枉路的螃蟹(《螃蟹问路》)；怀有虚荣心，喜欢人家阿谀的猫(《猫和鼠》)；狂妄的乌贼(《乌贼》)；各怀自私的目的，结果自食其果，谁也逃脱不了灭亡的老鼠(《三只老鼠》)；犯主观主义，以自己的经验去代替别人的情况的船夫(《船夫和他的孩子》)；同时也塑造了不怕别人嘲笑，坚持用“笨工夫”到达顶点的蜗牛(《蜗牛和蚯蚓》)；不贪图个人的安逸，忠于艺术的蟋蟀(《蟋蟀和蚂蚁》)；尤其是在《大轮船和小汽艇》中塑造了小汽艇的可爱形象。这些形象的塑造使他的寓言像拉封丹说的那样“有一种魅力，它能使思想集中，或者说得更明白一点是使灵魂着迷，使我们对那任意支配我们心灵的故事久久难忘”(拉封丹：《献给德·蒙黛丝邦夫人》)。金江创作的这些群象，丰富了绚烂多彩的寓言画卷，在我们当代寓言中发出夺目的光彩，这是金江寓言的又一特色。

寓言不是总结经验就是提出教训。没有一种文学体裁比寓言更毫无保留地、赤裸裸地把思想明白地提出来，即使不直接点明，也总是以容易为人领悟为上乘。它结构简单，语言简练，如果不深含哲理，满蕴诗意，那是很难成为一个动人的艺术品的。所以，历史上几个杰出的寓言作家如拉封丹、克雷洛夫以及莱辛的一部分寓言都是用诗体来写的。金江的寓言并不是用诗体写的，但其中不乏诗意。《小水滴》优美、含蓄，《地主》充满讥刺，而《圆明园的石柱》更以题材的重大、构思的巧妙、语言的精当而深具庄严的美：

北京圆明园过去是清朝皇帝享乐的场所。在 1860 年被英法联军掠夺焚毁后成了一片废墟。

在废墟上，至今还竖立着几根石柱。从这几根石柱上，使人可以想见圆明园被焚毁之前的富丽堂皇和繁华奢侈。

一天，一只鸟儿飞到废墟上跳来跳去，向石柱看了又看，问道：

“石柱呀，这里什么都没有了，你还竖立着，有什么意思呢？”

石柱严肃地回答说：“我竖立在这儿是有意义的。假如圆明园没有被焚毁，我还只不过是统治者玩乐场所的一部分建筑罢了。如今我竖立在这儿，我要时刻提醒人民：勿忘国耻，振兴中华！”

这篇寓言根据的是史实，情境是幻想的，寓意是现实的，并且有着重大的时代意义，它是金江寓言与诗结合的最完美的作品之一，显示着作者在创新方面获得的新特色。

金江的寓言之所以容易与诗靠近，固然是因为寓言是想象的，用语又极精练，本质上与诗很接近，同时也由于金江早年曾学习过诗艺。他在做孩子的时候就在中华书局编辑出版的《小朋友》杂志上发表了《秋天来了》、《捉虫》两首诗；解放前还出版了诗集《生命的画册》（文风出版社，1947）。

当然，金江的寓言也不是全写给儿童看的，有不少篇章如果成人们拿去看看，可能更为有益。这时你也许会发现他的寓言的又一个特色——讽刺。

寓言应该是有诗意的，它可以歌颂一切美好的事物，使人得到美的享受。

寓言当然是有教训的，使人受到启发，得到教益。

寓言也应该随时会露出它逼人的锋芒。这也许正是它长久以来充满魅力的主要原因。

讽刺是一种战斗，是作家嫉恶如仇、是非分明的战斗激情的表现，作家的思想倾向性十分强烈。“他得像热烈地主张着所是一样，热烈地攻击着所非。”（鲁迅语）。

讽刺，由于对象不同，态度就完全两样。在金江的寓言中，当讽刺的对象是敌人的时候，寓言就像锋利的匕首，比如《狐狸的尾巴》、《吃素的狐狸》、《讲“道德”的狼》就是无情地剥下他们的伪装，揭露了他们丑恶的嘴脸。特别像他写的几则《小寓言》：

> 孑孓说：“污水是我们的乐土。”
>
> 苍蝇说：“我是喜欢臭，我对臭有特殊的感情。”
>
> 蛆虫在粪坑里拥来挤去，发表议论说：“无知就是光明，知识越多越反动。”
>
> 苍蝇鄙夷地说：“蜜蜂，蜜蜂算什么！
>
> 他是‘唯生产力论’的典型。”

它们在形式上受到捷克斯洛伐克作家卡雷尔·恰比克的启发，采用独白的形式，三言两语就揭露出一些事物的最本质的特征，极尽辛辣讽刺之能事，而且在内容上带有鲜明的时代印记，这是更为可贵的。

讽刺自然也可以用到我们自己内部。正如鲁迅说的：“讽刺作者虽然大抵为被讽刺者所憎恨，但他却常常是善意的，他的讽刺，在希望他们改善，并非要捺这一群到水底里。”（《鲁迅全集》第六卷第二五九页）这时的寓言作家往往苦口婆心，其作品好比苦口的良药。金江的《鸭子开会》是对满足于开会、无补于解决实际问题的“开会迷”的揶揄，《要猫下蛋》是对光强调主观能动性而忽视客观条件的唯心主义的有力的嘲笑，《斧头和锯子》则是对人才使用上的官僚主义作风的批评。过去相当一段时间，由于对知识的忽视和无知，在人才使用上出现了许多笑话，人才浪费到非常严重的地步，这对我们实现四个现代化是非常不利的，是亟待纠正的现象，金江写了一系列关于这方面的寓言。这时，他在反映现实生活的问题中引进了许多为我国人民群众所熟悉的人物，如武松(《武松打蝇》)、猪八戒(《猪八戒看门》)、严监生(《严监生的井》)，既通俗又形象，使他的寓言有别于以往的寓言作品，具有中国民族的特色和风格。

但是，金江同志还没有充分运用讽刺这个锐利的武器，表现出题材比较单一，触及面不广。马雅可夫斯基说："诗应当走在事件的前头，哪怕一个钟头也好。"我想，寓言，作为"理智的诗"更应如此。我们希望金江同志在发挥寓言歌颂真、善、美的同时，充分发挥寓言固有的讽刺效能，鞭挞假、恶、丑，创作出无愧于我们伟大时代的作品，让寓言这种文学体裁闪烁出前所未有的光芒。

邝金鼻的知识寓言

寓言是抒情与叙事相结合的一种文学体裁，是人们从事自然斗争和阶级斗争的过程中所逐步积累起来的知识和智慧的艺术概括，是逻辑思维与形象思维结合开出的奇异的艺术之花。

作家邝金鼻十多年来以诗人的激情与哲人的深邃致力于寓言创作，出版了寓言诗集《动物王国里的寓言》和寓言故事集《长颈鹿与上帝》、《阿凡提寓言》等，产生了一定的影响，其优秀之作为我们的寓言创作提供了范例。

邝金鼻写得最精彩的寓言往往是那些包含科学知识和蕴含哲理的篇章。例如在《拔掉胡子的小花猫》里，小花猫为了外表好看而把胡子都拔掉，结果不但失去了捕捉老鼠的能力，而且尝够了苦头；后来长上了胡子，它又变得敏捷了。这失而复得前后不同的遭遇有力地说明了胡子的生理功用，读完寓言，读者也心悦诚服地体会到美观与实用哪个更重要的道理。《骄傲的苍蝇和无知的蚊子》则在阐明骄傲跟无知一样愚蠢的同时，在故事的进展中介绍了有关青蛙眼睛的结构特点及其位置对生存的影响。在《老先生和毒蛇》中，作者意在引导人们对待任何事物既要看到其有利的一面，也要看到有害的方面；看到一种倾向时也要预见到的掩盖着的另一种倾向的可能性，要多一点辩证法，少一点形而上学。这些寓言使枯燥的自然知识、司空见惯的道理有了鲜明生动的形象。邝金鼻在《真正的聋子》中介绍了台风将临时物候的变化；《萤火虫和蜘蛛》阐述了萤火虫所发的光的性质及其发光原理;《蚯蚓告状》介绍了环节动物的繁殖性能;《天神和尼罗河鳄鱼》谈到了自然界里生物的共生现象。许多不大为人注意的知识经作家巧妙的构思而引人注目,传播了科学知识,同时也阐明了比如表面与实质、本质与现象、结果与动机等的辩证关系。我认为优秀的寓言总含有深刻的哲理或丰富的知识,因为它是人们长期生产斗争和阶级斗争经验的总结,它帮助我们认识生活,也帮助我们知道应该怎样驾驭生活。寓言是"穿着外套的真理"(陀罗雪维支语)。

一篇精湛的寓言,它的故事与寓意之间一定有着某一点相似之处,其相似性越大,寓言的说服力也就越大。作为喻体的事物或拟人化的对象,作者不能让其违背自然特性,失去自身的特点。虎是威猛之兽,狐狸生性狡猾,我们不能把虎刻画得懦弱,狐狸被描绘得非常愚蠢,即使食肉的狐狸在一般情况下不吃什么葡萄,但在生存受到严重威胁的情况下也有饥不择食的可能性,这是符合客观实际的,因此,伊索的《狐狸和葡萄》才会成为千古的寓言名篇。邝金鼻的寓言一般都能贴近其自然特性,这也是他的寓言成功的经验之一。

寓言一般都要求结构简练,情节单纯,以便把寓言中的内容尽快地联系到它所要提出的教训或讽喻上去。邝金鼻的寓言几乎都有这个特点。但寓言毕竟是有故事的,故事不能没有情节,所谓情节就是有事情的经过和变化。邝金鼻正是在这里发挥了他的独创性,写下他一系列最为优秀的篇什,《天神和尼罗河鳄鱼》就是一例。一头雄羚羊向上帝哭诉鳄鱼把雌羚羊拖下水,求上帝惩办鳄鱼,为他的妻子报仇。上帝怒不可遏,即派天神下凡调查事实,以便将鳄鱼捉到天上处斩。天神来到尼罗河畔,看见鳄鱼很安详,任凭燕子在自己嘴里乱叫乱啄。天神想这么和蔼善良的鳄鱼是决不会吞噬羚羊的,便回复上帝:"不是亲眼见到的事情,半点也相信不得!"接着作者评述道"'耳闻是虚,眼见为实',这话我很称道。但在这里,我想补充一点;不作调查研究,即使是亲眼所见,往往也不可靠。"故事发展出人意料,作者最后一番议论叫自己也仿佛成了故事中人,他目睹前后事实经过，他的议论，也就是这篇寓言的寓意，无可辩驳，显示出寓言的雄辩力量。又如《蚯蚓告状》中，剪杀了蚯蚓的狐狸强词夺理，百般抵赖，还为自己评功摆好。但在对簿公堂的过程中，通过猩猩法官的证词，判定狐狸的罪行。故事完整，又不乏小小的波澜，显得诙谐有趣。这种打破寓言过于简练的框框，适当增加故事性，使其更加引人入胜，我认为是对寓言创作的一个丰富。邝金鼻的成功之作就是一个好例，是很值得我们借鉴的。

一面有趣的“镜子”

——任明耀童话:《猪八戒新传》

五十年代曾经从事儿童文学理论研究的任明耀同志在研究外国文学之余,又给小读者们奉献了他的童话新作:《猪八戒新传》。我与小朋友们一起反复读了几次,心头都洋溢着一片欢悦,得到不少教益。

猪八戒是我国妇孺皆知的古老的艺术形象。它缺点不少,时闹笑话,但心地善良,力求上进,所以很惹人喜爱。《猪八戒新传》中不少篇章都来自幼儿的生活,都是根据他们的心理特点,针对他们存在的问题而创作的。

其中《猪八戒照镜子》反映了猪八戒有缺点不承认,人家指出了不高兴,以致做了傻事。联系现实生活中有很多小孩子一味喜欢听好话,一听批评就不高兴,这篇童话就显得针对性很强。《自讨苦吃》嘲笑了老猪八戒做事贪便,不动脑筋,以致吃了苦头,这种事在小朋友们中间也是时有发生的。有些小朋友总希望自己的说法得到支持、附和,不管自己的话是否正确,否则就不高兴。《谁的话对》则以生动的事例说明这种附和、迎合会造成多么不良的后果!此外,《看画》教育娃娃看问题不要只看一面,要正反、左右看,学会正确地观察事物,全面地看问题;《变魔术》阐明表面的模仿难以学到真正的本领。这些寓意深刻的故事,有利于活跃孩子们的思维。

从特定的读者对象出发,作者没有仿照那种古色古香的语言文字以求逼肖，而是采用自然的、天真的，经过锤炼的纯正的现代儿童口语，这种努力在《相熊猫》等篇的对话中特别明显，读着这些对话，如闻其声，如见其人，使猪八戒栩栩如生地出现在小读者面前，揭示了猪八戒作为娃娃们的朋友的内心秘密，以便让娃娃们乐于与它接近。

《猪八戒新传》每则独立成篇，重点突出，互相之间又有联系。幼儿文学并不是三言两语的文学，它并不是越短越好。由既独立又有联系的小故事连缀成的较长的篇幅，有一定的情节，孩子们反而更喜欢。

《猪八戒新传》中的配图也是引人注目的。它们出于多位画家的手笔，风格多样，各呈异彩。有水墨画，有工笔画，有的细腻，有的粗犷。

为娃娃写作并非易事，据我个人看来，《变魔术》是否有寓意过深之嫌，因为娃娃对魔术并不甚了了；再说就娃娃而言，模仿也无可厚非。《养猫》的主题也不够单一，这些“含有过度的或只适于大人的那种想象要素，却反足以减少儿童的兴味”([日]松村武雄:《童话与儿童研究》)。当然，《猪八戒新传》仍然不失为一面可爱的镜子，它可以用来照出美丽的东西，但更多的是用它来检查自己脸上的污迹，以便洁净。幼儿需要这样的镜子，因为它比普通的镜子更有趣，娃娃们喜欢往里瞧瞧，以便得到精神上的益处。任明耀爷爷，请制作更多这样的小镜子吧！

漫谈季羡林先生的反批评

不久前偶阅报章得知，季羡林先生因所写文章文字不规范，并且写了《语言与文字》激怒了批评者李良延先生而可能被告上公堂。于是找来有关资料，思考一番，才发现季老并没有错。

李良延是位有心人，他对现代汉语的规范化非常关心，尤其不满于一些名家作文时用词随便，语法不通。怕谬种流传，他往往或写信或发表文章指出错误，提出批评。有的人愿意接受批评，并表示感谢；但也有提出反批评，季羡林先生就是如此，他为了答复写了《语言与文字》陈述己见。这本来是正常事，可李良延先生却从中看出谩骂，非常生气。如季老的文章一开头就写道："人之所以异于禽兽者，其道多端。人类先有语言，后又有了文字，而禽兽则没有，这是重要区别之一。"李认为这是把批评者等同于禽兽，污辱了自己，于是欲将季老告上公堂。

这里暂且不论该不该为此而大打官司，诉之法律，我只是认为季老写的是事实，而不是什么谩骂。语言学家说，语言是人类所独有的交际工具，其他动物没有语言，没有像人类所具有的语言，也不可能学会人的语言。季老写的也是这个意思，写得清清楚楚，以语言规范为职志的有志之士根据上下文理应一目了然，何以会断章取义？

季先生接着还指出有些人"有点'食今不化'，不了解语言和文字都不会停滞不变的道理，想使我们今天的规范化字永垂不朽，变成化石"。这批评倒有点针对性了，但也是中肯的，符合语言发展规律的。

语言学家认为人们学习语言并不是学会某个特定的句子，而是运用规则去创造和理解新句子，这些句子可以是我们以前没有说过和看过的，规则性和创造性是语言的两个特征。因此，季先生说语言的“变是绝对的，不变是相对的”。一般日常生活中运用语言与文学创作时运用语言既相同又不同。初学者学习语言文字必须经过严格的规范训练，使用时必须规范，这是学习得法，也是奉公守法的表现，日常生活中运用语言就是如此，但文学创作则可以有“越轨行为”。因为语言也会衰老、僵化，所谓陈词滥调即是。文学语言必须生动、新鲜，经过锤炼，这项工作必须由诗人、作家来承担，中外皆然。汪曾祺在他自己的一篇小说里描写夜里的马：“正在安静地、严肃地咀嚼着草料。”我们一般会认为“严肃”一词在这儿用得不当。但作家说“它表达了我自己在生活中捕捉到的印象”，这就是作家对语言的更新。正如杰出的英语专家王佐良在一首诗中所咏唱的：

每当旧的词藻已经发臭，
又是他们出来扫清霉气。

这使我想起美国一所著名军校的士兵经过草坪时必须严格遵循划定的线路作正步行走，而已毕业的或军官则可以自由行走。对待语言似乎也可以作如是观。

季老是科班出身的语言学家，又是著译等身的作家和文学翻译家，他的论点既符合语言学理论，又与文学创作的实际一致，所以他在不久前写的《漫谈散文》中对有一些作家的文章写得规规矩矩，没有任何语法错误，以致平淡无味颇有意见。季老意在提倡“创新”，这与那些基本规范都未掌握的人的“创作”当然是不能相提并论的。

石缝中开出的花朵

案头放着冯增荣同志的两本诗集:《感情的风》以及与友人合集的《风雨情缘》。

我知道冯增荣同志的名字很早,那时我正念高中,教我们政治课的就是他的胞弟。但是一学期都未教完,那场“五七”政治浩劫的余威就把他刮走了。以我当年一个中学生的眼光来看,我怎么也不相信一个性格内向、不苟言笑的青年党员教师会是什么反党反社会主义的老手。听说那时不少人出于压力,一旦被划为“右派”便马上满口承认,争取从宽处理,可这位老师就是坚决不承认。不过当时的政策是身不由己,不管你承认不承认,还是强迫你去劳改。后来据说他被打成右派是因为他的那位十三四岁就入党、长期从事地下工作、后来任市教育局局长的兄长冯增荣已先他被打成“右派”什么的。从那时起我就知道了增荣这个名字。增荣坐了二十多年的牢狱,平反出来后我才认识他,并且成了诗友。

冯增荣从小就喜爱诗歌,正是由于文艺的熏陶,培养了他爱美之心,唤起他对劳苦大众的同情,最后引导他走上革命道路。但是由于实际工作的紧张、艰险,他无暇顾及自己的爱好,全身心投入革命工作,不顾一切地追求理想社会的实现。到了春光明媚的时候,他却被诬陷,被丢在黑暗的角落长达二十多年。直到大地重光,他才到诗歌的花苑中开始耕耘,种出一朵朵鲜花。有些鲜花给我的印象似乎是从狭窄、坚硬的石缝中开出的,有的鲜艳,有的又有先天不足的苍白与稚弱，却都是用心血浇灌出来的真实之花。

我总觉得最好的诗往往是史诗，如杜甫、夏完淳等人的诗，它们是作者以生命和血泪凝成的，非经历艰难困苦决写不出那样动人的诗篇，它们的可贵就在于真实。唐诗是中国诗歌的高峰，是后世至今都未能企及的，这除了它们的艺术已臻极致，还由于它们保留了大量的历史实录，陈寅恪等杰出史家甚至以唐诗证唐史，其真实性可以想见。冯增荣的诗当然不能与唐诗媲美，但所反映的人生磨难、心路历程的真实性却是不容置疑的。作者所经历的苦难可谓深矣。前面曾经提到，他年轻时为求得劳苦大众的翻身解放投身革命，胜利后正欲施展才能为人民多作贡献时，却中了自己人从背后投过来的罗网而身陷囹圄。有这种遭遇并非仅仅他一个人，这反映了革命的道路曲折、复杂，但也不能排除人性卑劣的一面在其中所起的作用。基于这种认识，他所歌颂的《淡淡的名字，珍贵的一生》显得弥足珍贵！鲁迅曾言："敌人不足恨，最令人寒心而且灰心的，是友军中的从背后来的暗箭；受伤之后，同一营垒中的快意的笑脸。"好在历史不是凝固的，增荣同志也凭着自己对革命的信念，终于从悲苦中走了出来，而且唱了起来，虽然他的歌声有时圆润，有时艰涩。我特别喜爱下面几首：

它，温柔纯朴，
虽然，那么细小微薄，
可它，连心也用来
给大山弥合伤痕。
——《青苔》

多么尽心，多么忠诚！青苔可以说是无数革命者对人民、对祖国一片至诚的写照。

虽然
被倒置了。

依然嵯峨，
依然葱茏。
占尽了
江中的天空。
它，知道自己是
——一座山。

——《山影》

如果没有山一般坚定的自信，作者能走完那漫长的坎坷之路吗？这是多么可贵的一种品质。

杜鹃花也微笑了，
解放了的土地也微笑了，
一代一代的孩儿也都微笑了，
而我的微笑里总有泪光的闪耀。

这是他为那些牺牲的战友唱的悼念之歌——《他，含着微笑》中的一节，从这里也可令人感悟到理想的实现是多么艰辛。

增荣诗的存在是对于“前驱者的爱的大纛，也是对于摧残者憎的丰碑”（鲁迅语），它教育我们对来之不易的新社会该如何珍惜，如何使之更加完美。读增荣同志的诗，其意义也许就在这里吧。

《小朋友》与我

说来也孤陋寡闻得很，我第一次读到《小朋友》杂志却已经是一个父亲了。我做小朋友的时候，正是祖国、民族处于生死存亡的严重时刻，在日本帝国主义的铁蹄蹂躏下，我一家颠沛流离，父亲也病死在乡间了。那时我们的温饱尚且都成问题，遑论精神食粮！

当我的孩子处于童年的时候，也正是史无前例的“文革”时期。为了找一点适合孩子阅读的东西，我开始注意儿童文学作品。可在那个把人类的一切精神创造都诬为“毒草”的年代，哪里有什么儿童文学作品！我只是偶然在一所小学的废纸堆中捡得了一本《〈小朋友〉二百期作品选》，那充满童趣的插图，那优美的诗文，深深地把我吸引住了，我仿佛变成了一个孩子贪婪地翻看着：看到牵牛花伸出了细细的藤蔓，开出了喇叭的紫色花；听见小羊羔咩咩地叫唤，于是，小朋友给它送来了嫩嫩的青草……这是孩子们的乐园呀！

当然，我的童年是一去不复返了，但那个孩子的乐园是多么值得留恋。我想，我如果也能在那片乐园里种上一棵草，一朵花，那可有多好！于是，我对写作儿童文学作品产生了浓厚的兴趣，那本破旧的《〈小朋友〉二百期作品选》成了我学习的最早的范本。我也试着写下了短小的散文、诗和寓言。它们不同于一般的文章，里面似乎多了一点诗意，多了一点童话的色彩，那大概就是孩子们的心灵世界映照的结果吧。

从此，我也留意写作儿童文学的作家、诗人们的生平，特别是后来读了郭风、圣野、田地这些前辈作家在《我与儿童文学》一书中所写的回忆录，对他们产生了强烈的敬慕之心。

四年前的一个晚上，在驱车前往新安江畔参加浙江省儿童文学创作会议的路上，同车的是一位文弱、安详的老人，在会议上才得知这位老人就是我仰慕已久的诗人圣野同志，也正是《小朋友》的一位老编辑。他不但自己为小朋友写了许多精美的作品，而且总是满腔热情地鼓励新作者为孩子们写作。他问我写了什么没有，我说，有几篇寓言，只是写得不好，拿不出来。他再三鼓励说："拿来看看，可以改么。"

他一拿到我的稿子就马上进行修改，并且鼓励我再写，多写。我见他平易近人，就跟他说我喜欢郭风同志的散文，也写了郭风式的几篇东西。

"郭风式的东西也很好么，拿来看看。"

"这次没有带来。"

"不长的话，可以默出来么。"

老编辑的殷殷之情，使我深为感动。会后回到家乡，我给圣野同志寄去了两篇。不久就收到编辑部留用的通知，并且肯定了两首散文诗富有儿童情趣，也很美，并且告诉我修改的具体意见。

我的寓言《胶轮车和马》、《不倒翁》同时在一九八四年第三期上刊出，第十一期又刊出了散文诗《豌豆的话》。

我的文章给配上了优美的插图，在我所喜爱的《小朋友》上刊出了，喜悦之情是难以言表的。

文章发表了，但编辑部的同志并没有到此结束，他们在寄来样刊时又写道："你的小散文还是能受到孩子的喜爱，有暇再给我们写些吧！期待着。"字里行间处处考虑到孩子的要求，充满着对新作者的殷切期望。

有一天，我下班回来，自己的一个小孩子将一份作业的《练习与思考》要我帮助解答，那道《读〈不倒翁〉回答问题》里的《不倒翁》正是我发表在《小朋友》上的。吴然同志在《低幼散文散谈》一文中列举一九八四年《小朋友》上发表的散文成功之作，也包括拙作《豌豆的话》。看到自己的作品能为孩子们所喜爱，对他们的成长有帮助，那真是莫大的幸福，而这一份幸福之中也包含着《小朋友》编辑同志们的不少心血。

印度现代诗鳞爪

我喜欢印度这个丰富、美丽、神奇的国家，早在大学时，在学校图书馆里发现了一本英文的《印度现代诗选》如获至宝，我手抄了几首。后来回到家乡，在一个初春的夜晚译出了曼苏克拉尔·杰维里(Mansukhlal Jhaveri)作于1907年的《给我的孩子》：

春天只能唤醒生机
你却把生动的微笑
清新如早晨的微风
放在死神干瘪的唇边；
我何能唤你为春天？

几十年以后，上世纪九十年代，诗人、翻译家赵瑞蕻教授复印了一本 *New Voices of Indian Poetry* 送我，并在扉页题写了这么一段话：

1983年春3月我赴印度首都新德里(New Delhi)参加尼赫鲁大学语言学院主办的"首届国际翻译文学学术会议"，在那里住了两个多星期。会议期间，某日下午举行诗歌朗诵会，与各国诗人、作家欢聚。我应邀出席，并登台以中、英文朗诵了拙作诗《雨巷》(作于苏州，1962年)。盛会前后，与印度诗人多次晤谈，特别是青年诗人 Vinod Seth 先生，十分热情真挚，交谈良久，并承赠此书——*New Voices of Indian Poetry*《印度诗歌的新声》。现特复印一份，转赠瞿光辉同志，作为纪念，并希望能在课余译为中文发表；也不辜负印度年轻诗人友好之情，对加强中印文化交流的热望了。

赵瑞蕻

1990 年 6 月于南京

限于水平我只读了一部分，其中有个诗人 T·G·帕拉哈山卡(T·G·Prabhashankar)，他 1942 年 5 月 7 日出生于印度南部的卡纳塔克邦，师范教育完成后一直在班加罗尔大学教印地语。他翻译编辑了《南印度诗人文集》，他时常将各族诗歌译成印地语或他的母语。他有首诗叫《无影无踪》：

涓涓小溪流入海洋
无影无踪的是小溪
尸体混于尘土
罪在何处，
何德之有！

爱作沉思默想是印度人的一大特点，有一首叫《旁观者》：

他看着一切，
却不张开眼睛；
他倾听一切，
却不说一句话；
他忍受痛苦，
却不哭泣；
你可以唤他为神

加以顶礼膜拜。
至多一个旁观者
在我看来。

可见他不是对世事漠不关心的人。

还有一位女诗人沙罗吉尼·波利坦(Sarojini Pritam),她也用印地语写作小说与童谣,其诗短小精悍,颇有幽默、讽刺意味,如《吝啬鬼》:

订婚后
她忧伤地说
我想他会给我
(一个钻石)戒指
他在电话中给了。

又如《石头》:

她用一种悲伤的语调说:
你的心是石头所造,
而这种石头,甚至
在博物馆里也找不到。

但我最喜欢的是安利塔·波利坦(Amrita Pritam),也有译作泼拉塔。她1919年8月31日生于印度的古吉郎瓦拉城——这地方现在划归巴基斯坦了。冰心在上世纪五十年代从英文译出过她的三首诗。由于友人张永苏的帮助,我读到了她的英文诗《信赖》,现译出如下:

丑陋阴暗的谣言

飞进了我的房间
像蝙蝠
在墙上跌跌撞撞
寻找栖息之处
墙上不是有洞
就是纵横着裂缝
但我已经遮住
我眼睛黑暗的通道
用我的双手;
在我的耳朵里
我已经塞进
你爱情的棉团。

知道波利坦很早:1957年。

在印度首都新德里西郊的一条小街上,柏油马路的两边,排列着一幢一幢小巧的西式平房;街道树并不高,可是衬着房屋前一小片一小片的草地,显得很有风致。街上时时走过穿纱丽的妇女,穿长上衣小裤管裤子的男人,他们慢慢走着。这条街道很清静,只是在街转角的地方,传来出售印度食物的像歌唱似的叫卖声、强烈而辛辣的加厘气味。

我默默地数着门牌,然后在一座铁栅栏门前按了电铃。

门开了。泼拉塔夫人站在我面前。她身上穿的纱丽是黑色的,上衣是黑色的,披肩也是黑色的,披肩上彩色碎花的滚边,像暗夜里的一串星星;星星中最大最亮的两颗,是她黑发掩映下的一对耳环。她微笑着,伸出手来,我被接待到她的客厅里。

“中国朋友一向守时,”她招呼我坐下,似乎欣慰似乎责备地补充了一句,“不过,你迟到了两分钟。”

“很抱歉!”我诚恳地向她告罪,“但是,这两分钟是花在你的街上的，因为门牌不容易找到。”

“你不是第二次来吗？”

“单独来访问你却是第一次啊！”

泼拉塔夫人一边倒茶，一边说：“中国朋友喝茶不喜欢加牛奶，你呢？”

泼拉塔夫人是来自旁遮普的诗人。在印度和巴基斯坦分治的时候，她和许多锡克族同乡一样丧失了故土，从巴基斯坦那边逃了出来。那是一场可怕的惨痛流血斗争，……巨大的不幸，带来了流离失所的悲痛，但是也使人们跨过了与广大社会相隔绝的篱笆；深挚的乡国之思，使人们对人民产生了更深切的关怀。旁遮普的诗人和作家们，在这场灾难之中和这场灾难之后，写了不少动人的现实主义的作品，泼拉塔夫人也从爱情的咏叹中踏步而出。她的缠绵柔语的诗篇中，出现了人生的痛苦；美妙而形象的语言，不光是用来抒发空虚寂寞，也用来责备那不公平的社会。……

十七岁开始写诗，去年，她三十五岁。十八年中间，她出版了将近三十本诗集，还有些印刷精美像贺年似的诗卡片。……

感谢已故作家韩北屏，他在上述的《和印度诗人在一起》中让我们感受到这位印度女诗人的音容笑貌。我们与印度这个伟大的邻邦已有二千年以上的交往历史，印度独立也有六十余年了，我们已经有《印度古诗选》(金克木译)，何时会有一部印度现代诗选？

漫谈我的译诗

我从青少年时代起就喜欢读翻译的外国诗歌，当时最吸引我的是郭沫若的译诗，他的译诗形式多样，有古色古香的五言、骚体，有不拘一格的自由体；涉猎的地域也很广大，有英国、法国、德国，也有古印度、古波斯的，真是五光十色，千姿百态。那时我还广泛阅读莱蒙托夫、普希金的诗，《旧约》中的《诗篇》、《雅歌》，以及冰心、戴望舒、查良铮等人的译诗，接触到一些新的诗思、新的意境和多样的形式，扩大了我对诗歌的认识。不少优秀的译诗我几乎是朝夕吟咏，反复揣摩，爱不释手，确是我青少年时代的一份精美的精神食粮。

由于爱读译诗，自然也喜爱学习外国语，但我学习外国语的条件很差，我只能学点英语，学了几十年，也没有学好。我学习英语的唯一动力是希望将来有朝一日能翻译外国诗歌。我那时要读到英语诗歌是很困难的。我在自己的英语老师陈德煊先生处看到一大本厚厚的英美诗歌选，是他在燕京大学英文系读书时的教科书，他慨然借给我，我那时虽然还读不懂，但还是拼命抄满了一个笔记本留作将来学习翻译之用。说来奇怪，其中最能迷住我的不是英美本土诗歌，而是由D·G·罗赛蒂英译的古希腊女诗人萨福的一首诗，我译作《一个姑娘》：

一

如甜蜜的苹果红熟在最高的树梢，
不知道采果的人为什么把它忘掉，

不是忘掉，是到今天还没有人能摘到。

二

像野生的风信子在山坡上开花，
来来往往的牧人把它又踩又踏，
直到把紫花儿都踩成泥沙。

其时我已读过朱湘的译诗《一个少女》：

好比苹果蜜甜的，高高转红在树梢，
向了天转红——奇怪，摘果的拿她忘掉——
不，是没有摘，到今天才有人去拾到。
好比野生的风信子茂盛在山岭上，
在牧人们往来的脚下她受损受伤，
直到紫色的花儿在泥土里灭亡。

后来见徐志摩也译过，题目叫《一个女子》：

一

像是一只鲜甜的苹果，红艳艳的在最高的树顶上亮着，

顶着在最高枝的头顶尖上——那采果人忘了采，也不知怎的，——

忘了采，咳不，采不着是真的，因为到如今还是没有人攀得着。

二

像是那野绣球花在山道上长着的，
让牧童们过客的脚踵见天的踩，见天的残，
直到一天那紫拳拳的花球烂入了泥潭。

朱湘、徐志摩都是留洋回来的著名诗人，我把自己的译诗与他们

的放到一块儿比较，觉得自己译的反而多一份妩媚，多一点青翠，这就加强了我译诗的兴味。

此后，我选译了英国的布莱克、彭斯、华兹华斯、拜伦、雪莱、梅斯菲尔德，还有美国的朗费罗、狄更生、弗罗斯特、米雷、休斯等人的诗，觉得有几首如《牧人》、《我们有七个》、《歌》、《海之恋》、《箭和歌》译得还不错。然而我似乎无意专注于此，而是把眼光投向更广大的世界，我要通过英语体会更多的异国情调。我也梦想编译出一本多国、多人的像《沫若译诗集》一样的书，那本书对我实在太迷人了。可是要在当时相当闭塞的温州搜集到多国诗歌的英译是不可能的，我却日思夜想。我最早拥有的一部英译诗歌是波斯莪默·伽亚谟的《鲁拜集》，是偶然从一间兼营杂货的旧书摊上购得的。我从中译出几首，与郭沫若译的一比较相差甚远，我领悟到译诗，即使是外译中也是需要天才的，并非像有些人所认为的外译中很容易。在天才面前显出了自己的愚拙与渺小，不过我仍然抱着“大狗叫，小狗也叫——按照上帝给它的嗓子叫吧”的信念，对翻译诗歌的兴趣并未衰减，而且对如何译诗还作了一点思索。

我认为译诗的时候要进入角色，要与原作者同呼吸共命运，做到“心有灵犀一点通”，仿佛是自己心中流出来的。这有赖于译者丰富的生活体验，共同的思想感情。如有人描述近代诗人苏曼殊译拜伦《哀希腊》正当“一时夜月照积雪，泛舟中禅寺湖，歌拜伦哀希腊篇，歌已哭，哭复歌，抗音与湖水相应”（柳无忌《苏曼殊新传》）。在这种情境中译出的诗才饱含感情，才能扣人心弦。

我还觉得译诗需要激情，需要灵感。我往往有此感受，读外语诗有的令人感动，很想把它译出来。当然，也有想译而译不出来的。记得年轻时读歌德《五月歌》，那时我也正当青春年少，时值春光明媚，其愉悦心境正与作者相似，我阅读之余轻松愉快地将它译了出来，似有神助，可惜原稿遗失，几年后想重新翻译，但时过境迁，不复有昔日的激情与灵感，勉强译出来已如风干的柚子，色香味俱变矣。

我还认为译诗的原诗形式或格律即使移植过来而附丽其上的声

韵之美却依然消失殆尽。因为声韵是特定语言所特有的，这即使在同是汉语的古诗今译中都不能留住，更何况译自完全不同的外国语言。对原诗形式、格律的亦步亦趋，只能是译诗方法中的一种，译诗还有广阔的空间让译者驰骋。比如译者可以根据原诗内容来决定采用现成或创造一个新的相应形式。我有时想，李白、拜伦在多少程度上仰仗格律形式？别的人用同样的格律形式却为什么没有成为李白、拜伦？形式应当是通向灵魂的道路，如果它不能到达目的地，它又有何用？译诗是一种艺术活动，它离不开创新。比如我在选译泰戈尔《飞鸟集》时采用了五言古体诗形式。《飞鸟集》原是泰戈尔从音乐性极强的孟加拉语格律诗《微思集》(Kanlka)中选译成英文散文体的，现在我从英文译成汉语时又把它译成近似中国古典格律诗的样子。原著者对中国古典诗是非常喜爱的，他如果得知我用这种译法来译他的这些诗，我想他一定也会为之莞尔罢。诗人、翻译家、印度学专家金克木先生见了曾写道："作为足下的创作诗可也。"语含贬义，意即不是真正的翻译。不过美学家、翻译家朱光潜先生在别处写道："成功的译品都是创造，而不是翻译。"无论如何，我始终坚持忠实原作是翻译的最低要求，也是最高标准。译诗不是作诗，其创造的范围是很有限的。我译诗时为了体现原作的内容或风格或意境，只在某一点上自主地发挥了一下。如译海涅的《我心里这么忧愁……》只在二、三节隔行押"庚"、"痕"韵，希图造成幽静的境界；在五、六节隔行押"波"、"模"韵，想让读者仿佛听到莱茵河的涛声波语，感受渔夫的心情，而没有照原诗的韵式。又如奈都夫人的《摇篮曲》原诗三节，每节六行，其韵式为 aabccb，aabddb，aabeeb，最后一行都是 A little lovely dream，我则每节除第四行外用"东"韵一韵到底，最后一行也都是"美丽的小小梦"，试图营造一个安谧、朦胧的意境。又如弗罗斯特的《雪夜伫立林边》的最后一节：

The woods are lovely, dark and deep,
But I have promises to keep,

And miles to go before I sleep,
And miles to go before I sleep.
幽深的树林啊多美，
但我不能自食其言，
再赶几程我才能安眠，
再赶几程我才能安眠。

这"再赶几程"四个字就包含着我的苦心孤诣。

我翻译诗歌纯出个人对创造美的向往，译诗只是我文化生活的一部分。在我生命进入深秋的时候才与自己创作的诗歌一起印了出来，这便是中国文联出版社于1999年印出的《最初的微笑》。《诗刊》2000年9月号选载了我译的《加西亚·洛尔迦诗选》就选自这本小书。诗评家沈泽宜教授在《世纪最后的留言——浙江的诗，1999》中写道："本年度喜获温州瞿光辉先生赠我的《最初的微笑》，遂于一夜间读完。……瞿先生的译诗让我大开眼界，语言竟是如此准确，精通，如此丰富又如此朴素！"

沈泽宜教授能读完我这本小书，并作这番评论我感到欣慰，并心怀感激。我相信他的话是真诚的。对其他读了这本小书的同志们我也应该在此表示谢意。